나의 꿈은
　멈추지 않는다

나의 꿈은 멈추지 않는다

발행일   2018년 1월 1일

지은이   박 윤 수
펴낸이   손 형 국
펴낸곳   (주)북랩
편집인   선일영   편집   권혁신, 오경진, 최예은, 오세은
디자인   이현수, 김민하, 한수희, 김윤주   제작   박기성, 황동현, 구성우
마케팅   김회란, 박진관, 김한결
출판등록   2004. 12. 1(제2012-000051호)
주소   서울시 금천구 가산디지털 1로 168, 우림라이온스밸리 B동 B113, 114호
홈페이지   www.book.co.kr
전화번호   (02)2026-5777   팩스   (02)2026-5747

ISBN   979-11-5987-875-6 03810(종이책)   979-11-5987-876-3 05810(전자책)

(주)북랩 성공출판의 파트너
북랩 홈페이지와 패밀리 사이트에서 다양한 출판 솔루션을 만나 보세요!
홈페이지 book.co.kr · 블로그 blog.naver.com/essaybook · 원고모집 book@book.co.kr

나의 꿈은 멈추지 않는다

박윤수 지음

Follow your dreams

고위 공직자 출신 박윤수가 목표를 잃고 방황하는 이들에게
들려주는 최고의 조언

북랩 book Lab

| 프롤로그 | 이야기 속으로 들어가며

    독일 물리학자이며 의학박사인 구스타프 테오도르 페이너는 인간의 삶을 3단계로 나눠 첫째 임신에서 출산까지 계속 잠만 자는 단계, 둘째 인간들이 지상에서의 삶이라고 부르는 반쯤 눈을 뜬 단계, 셋째 사후에 시작되는 완전히 눈을 뜬 단계로 구분하였다. 필자는 페이너가 구분한 두 번째 단계인 인간이 생존해 있는 시기를 우리나라의 평균 수명보다 조금 높은 90세로 보고 이를 3단계로 나눴다. 첫째는 태어나서 부모로부터 보호를 받는 단계, 둘째는 결혼해서 부모로서 가정을 이끌어 가는 단계, 셋째는 노후에 아름다운 황혼을 맞이하는 단계이다.

    이 책에서는 나름 대로 인생을 3단계의 시대마다 필자에게 주어진 환경 속에서 해야 할 책임과 의무를 어떤 마음가짐으로 어떻게 해왔는지 생생하고 진솔하게 보여주려고 노력했다. 하지만 이 책을 통해 독자들이 필자와 같은 삶을 살기를 바라는 것은 아니다. 다만, 독자가 자신의 삶을 남과 비교하지 말고 자신에게 놓인 현재 상황을 정확히 파악하여 희망과 꿈을 한 단계씩 높여 현재보다 더 나은 정신적·물질적·정서적 삶을 추구하며, 평화롭고 행복한 참다운 삶을 찾아 살아가면서 자연과 함께 아름다운 마무리를 할 수 있기를 바랄 뿐이다.

필자와 같이 유명하지도 않고 일반 대중에게 알려지지도 않은 평범한 사람들이 자기 삶의 이야기를 쓴 책은 찾아보기 힘들다. 이런 독자들의 선입관을 떨쳐버리고 내 이야기를 담은 책을 발간하겠다는 생각을 하기까지는 많은 용기가 필요했다. 즉, 힘들고 고된 인생일지라도 꿈과 희망을 포기하지 않고 산다면 노후에는 큰 성공은 아닐지라도 정신적·물질적·정서적으로 고루 갖춘 행복하고 편안한 삶을 살 수 있다는 것을 독자에게 알려주고 싶었다. 이런 꿈과 희망을 성취하기 위해서는 자신에게 주어진 환경을 빨리 인식하고 불굴의 의지와 끈기, 인내를 가지고 일일신 우일신(日日新 又日新)하며 살아야 한다. 따라서 이 책은 어려운 환경 속에 있는 사람이 어려움을 극복하고 삶의 방향을 올바르게 설정해서 더욱더 나은 삶을 살아 나가고자 노력하는 사람들에게 도움이 될 것으로 생각한다. 한편으로는, 지혜로운 부모로서 참다운 인생을 보람되게 살고,

즐겁게 아름다운 노후를 보내고자 하는 사람들이 읽었으면 한다.

간혹, 이 책에는 성공한 선인들의 교과서적인 얘기가 담겨 있어 독자에게는 따분하거나 지루할 수도 있을 것이다. 그러나 이것은 필자를 올바른 삶의 길로 인도한 아름답고 가치 있는 격언들이므로, 참다운 삶을 살고자 노력하며 꿈과 희망을 찾아 나서는 독자들에게 많은 도움이 되리라 믿는다.

우리는 일상생활 속에서 나는 누구이며, 어디에서 왔고, 어디로 가고 있는지를 자신에게 자주 물어보고 스스로 답을 찾아야 한다. 그리고 현재보다 나은 삶을 위해 지금 당장 무엇을 어떻게 해야 할 것인지를 매일 생각하면서 생활한다면 자신의 꿈과 희망에 조금 더 빨리 다가설 수 있을 것이다. 다만, 독자들이 명심해야 할 것은 아무리 좋은 말씀 100가지를 안다고 할지라도 그중 1가지라도 올바르게 실천하여 자기 것으로 만들어야만 한다. 그래서 자신의 몸에 익숙해진다면 필자로서는 이 책을 발간한 보람이 배가 될 것이다. 만약, 이를 실천하지 않는다면 100가지의 지식도 아무 소용이 없다는 것을 머릿속에 반드시 기억해 두어야 할 것이다.

힘들고 어려운 시기에 태어난 필자의 유년기와 사춘기에는 아무리 노력해도 여유로운 생활을 할 수 없을 것으로 생각했다. 만약, 내가 결혼해서 풍요롭고 평화로운 가정생활을 영위해 나가기 어려운 여건이라면 자녀들에게 나와 똑같은 고통과 고민을 주지 않는 것이 바람직하다고 생각했다. 그래서 독신주의를 선호하고, 계약 결혼을 갈망했다. 그러나 군대를 제대한 후, 공직생활을 계속하면서 내 주변 환경과 여건이 종전보다 나아지면서 내 결혼관도 정상적인 결혼이 바람직하다는 것으로 바뀌게 되었다. 이것이 내 삶의 첫 번째 변화의 시발점이 되었다.

 내 삶의 두 번째 변화는 유년기와 청소년기에 부모로부터 보호를 받았던 것과 같이 내가 결혼해서 부모가 되었을 때 자녀들이 평온하고 행복한 가정 속에서 건강하고 성실한 사람으로 자라나도록 학교와 가정교육에 신경 써야 한다는 중압감이었다. 이와 함께 가정을 이끌면서 황혼기를 대비하는 노후 준비도 역시 같이해야만 했다. 그래야만 노년기에 자식들과 주위 사람들로부터 홀대를 받지 않고 평화롭고 아름다운 삶을 자기 뜻대로 이끌어 나갈 수 있을 것으로 생각했다. 그래서 40대부터 술과 담배를 끊고 자전거로 출·퇴근하면서 건강관리와 노후준비를 착실히 하며 꿈과 희망을 키웠다.

 마지막으로 50대 후반에 찾아온 대장암으로 사경을 헤매면서 현재 살아 있음에, 존재하고 있음에 감사하며 자연과 함께 생활하는 것이 무엇보다 중요하다는 자연의 섭리를 깨우쳤다. 즉, 그동안 사회생활과 공직생활을 통해 쌓아온 무거운 책무, 재물, 인적관계 등을 많이 내려놓고 내 주변 관계를 단순하게 조정하여 간소화시켜 나갔다. 그리고 자연이 만인에게 평등하게 주는 태양, 공기, 물, 대지, 수많은 꽃과 나무, 새, 숲 등으로 구성된 자연의 탄생과 소멸에 더욱 관심을 가졌다.

필사가 가난과 고난을 딛고 4개의 꿈을 이룬 삶을 본보기로 독자들도 이 책을 통해 어떤 어렵고 힘든 생활일지라도 이겨 내겠다는 정신 자세를 갖추는 동기가 마련되기를 바란다. 그래서 노후에는 편안하고 아름다운 생활이 될 수 있는 발판의 역할을 했으면 한다. 이렇게 하기 위해서 우리는 항상 낙천적이고 긍정적인 자세로 자신을 무장해야 한다. 그러면서 우리 자신의 생활 속에서 진정으로 바라는 참다운 삶의 길이 어떤 것인지를 끊임없이 생각하면서 올바른 길을 찾아냄으로써 독자 모두가 축복받는 삶을 영위해 나갈 수 있기를 두 손 모아 기원하는 바이다.

박운수

contents

part 02 / 기능직에서 부이사관까지 도약하다

part 03 / 아름다운 황혼을 꿈꾸다

part

01

어려운 가정환경 속에서
우등생으로 성장하다

나는 어디에서 온 누구이며,
어디로 가고 있는가?

우리 자신은 누구이며, 어디서 왔고 어디로 가고 있는지, 그리고 우리 주변 환경에 조화롭게 적응해 나가기 위해 어떻게 살아가야 하는지를 함께 생각해 보기로 한다.

가능한 나는 학교에서, 가정에서, 지인 또는 친구로부터, 또는 내가 읽은 책 속에서 보고 듣고 냄새 맡으며 느낀 것을 단순하게 실천으로 옮기면서 살아온 것과 살아가는 데 필요한 가장 중요한 것들만 말하고 싶다.

이것들은 우리의 삶을 올바르고 참다운 방향으로 이끌어 줄 것이고, 노후에는 풍요로운 삶을 살면서 아름다운 마무리를 할 수 있을 것으로 생각하기 때문이다.

이 책을 통해서 내 삶의 목표를 설정하여 실천으로 옮겨 온 삶의 과정을 가감 없이 글로 표현해 나와 유사한 어려운 환경에 처해 있는 독자들도 희망을 가질 수 있다는 것을 보여주려고 노력했다.

인간의 존재는 120억 개의 뇌세포의 무한한 수로 상호연합과 회로로 연결된 신성한 존재다. 인간은 생물로서 유전적인 잠재능력과 한계를 가지고 있으나, 이 한계를 넘어선 사회적 학습과 문화의 창조적 기능을 가지고 있기도 하다. 우리 인간은 신체적 성장(growth)과 정신 심리적 성숙(maturation)을 거쳐 발달하게 되는데 이들은 끊임없는 학습(learning)으로 복잡하게 상호작용하면서 행동발달로 연결되는 존재이기에 완벽하게 이론적으로 설명하는 것은 불가능하다.

따라서 인간의 삶에는 완벽한 스승이 없고, 정답도 없다. 즉, 우리 삶의 길은 우리 자신이 처해 있는 주변 환경에 맞게 여러 통로를 거쳐 얻은 지식을 잘 활용해 자기 스스로 개척해 가는 것이 정답일지도 모르겠다.

인간은 태어날 때부터 주어진 운명이 있다고 한다. 공자께서 말씀하시기를 "죽고 사는 것은 운명에 있고, 부자가 되고 귀하게 되는 것은 하늘에 있다(死生有命 富貴在天)"고 했다. 우리가 태어날 때는 금수저, 은수저, 흙수저로 구분되어 이 땅에 발을 들여놓게 되지만, 내가 살아가야 할 이유와 목표를 얼마나 빨리 설정해서 실천으로 옮기느냐, 옮기지 않느냐에 따라 인생을 마무리할 때는 흙수저가 은수저, 은수저가 금수저로 바뀌거나, 반대로 금수저가 은수저, 흙수저로 변하기도 한다.

우리는 자연이 주는 혜택을 평등하게 공유하며 태어난 존재다. 자연이 우리에게 주는 혜택에는 찬란한 태양, 공기, 물, 대지, 봄·여름·가을·겨울의 사계절, 아름다운 꽃과 식물·동물 등 무수히 많다. 이런 혜택은 빈부 격차와 관계없이 누구든지 함께 누릴 수 있는 것이다.

하지만 이런 모든 것을 평등하게 가지고 있으면서도 행복하고 아름다운 삶으로 마무리하지 못하는 사람들이 많다. 이런 사람들은 대부분 자신의 처지를 비관하면서 불평·불만만 하고, 자신의 주변을 개선하지 않는다. 즉, 자연이 주는 혜택을 있는 그대로 받아들이지 않고 더우면 덥다고, 추우면 춥다고, 비가 오면 해가 안 뜬다고 불평·불만만 하는 것이다.

반면에 자연이 주는 계절 변화에 대해 감사하고, 자연이 주는 혜택을 잘 활용하고 만족할 줄 아는 사람들은 평온하고 행복한 삶을 즐기며 아름답게 마무리를 잘할 수 있는 사람이다.

따라서 우리가 자연의 소리에 귀를 기울이고 자연을 이해하면서, 자연을 섬기면서, 자기가 할 수 있는 일에 열정과 열의를 가지고 정성을 기울인다면 하늘은 우리 편이 되어 좋은 방향으로 우리의 운명을 바꿔 줄 것이다. 우리가 살아가면서 겪는 고난과 역경을 스스로 이겨 나갈 수밖에 없는 운명이라면 극한 상황일지라도 포기하기보다는 현실을 빠르게 인식하고 극복해 나가야 한다. 그리고 자신의 주변을 분수에 맞게 하나씩 개선해 나가겠다는 긍정적이고 낙천적인 사고를 한다면 극복하지 못할 일이 없을 것이다.

부처가 임종할 때 제자들에게 "모든 것이 덧없다(諸行無常)"라고 말씀하셨다. 이는 모든 것은 고정된 것이 없고 흘러가는 것으로 고정 불변하는 것은 없고 계속 변화한다는 것이다. 즉, 변화하지 않는 것은 죽은 것이나 다름없다는 말씀이다. 그러므로 우리는 삶과 죽음을 동시에 생각하면서 매일 주변 환경에 맞춰 카멜레온과 같이 변화시켜 개선해 나가야 한다.

우리는 생물학적으로는 약 2억5천 마리의 정자 중 건강한 정자 하나가 난자와 만나 선택받고 태어난다. 이 얼마나 귀중한 존재인가? 따라서 아름답고 행복하게 살아가야 할 책임과 의무가 우리 자신에게 있다. 비록 태어난 장소가 마음에 들지 않는다 할지라도 열심히 살아가야 하지 않을까? 간혹 지하자원이 풍부하고 토지가 넓은 국가나 유명하고 부유한 집안에서 태어나지 않았다고 할지라도 우리를 낳아 주시고 길러주신 부모님에게 감사해야 한다. 즉, 우리의 부모는 이 지구 상의 74억 명 인구 중 단 한 명뿐인 아주 고귀하고 중요하신 분들이시기 때문이다. 2억5천 대 1의 선택을 받고 태어난 우리의 존재는 독립된 하나의 객체로서 성공하든 실패하든 간에 모든 것을 부모 탓 또는 주변 탓으로 돌리지 말고 나에

게 돌리면서 우리 스스로 결정한 삶의 방향으로 꿋꿋하게 살아가
야 한다.

이렇게 귀중한 존재로 태어난 우리는 우주에 존재하는 생물·자
연과 함께 얼마나 조화롭게 생활하느냐에 따라 황혼기에 우리의
삶을 아름답게 마무리할 수 있는지가 결정된다. 우리의 삶은 과거
와 현재가 다르고, 미래는 어떻게 전개될지 모른다. 그렇지만 삶의
방식과 목표의식, 주변 문화와 자연환경을 어떻게 선택하느냐에
따라 삶의 질적 내용에 있어 많은 차이가 생긴다.

그래서 나와 같은 유사한 환경 속에 있는 사람도 참다운 삶에
대한 꿈을 포기하지 않고 매일 새롭게 하면서 고난을 극복해 나간
다면, 평범하고 행복한 생활은 기본이고 성공까지도 이룰 수 있을
것이다. 또한, 황혼기에는 남부럽지 않게 아름답게 마무리할 수 있
는 길이 있다고 자신한다.

유명한 사람의 자서전은 일반 대중에게 많은 영향을 미친다. 반
면 나와 같은 일반 사람의 이야기는 구차하고 보잘 것 없어 일반
대중에게 크게 영향을 미치지 못할지도 모른다. 그러나 나름대로
내 삶의 목표와 의지를 가지고 올바른 길을 걸어온 내 이야기가 어
려운 환경에 처한 독자에게 의미 있게 전달된다면 오히려 더 현실
성이 있지 않을까 생각한다.

나는 1956년 최빈민국가(국민소득 62달러) 대한민국의 수도 서울 서대문구 연희동에서 태어났다. 이 시기에는 굶주림, 빈곤, 소외와 한센병, 결핵, 말라리아 등의 질병으로 몸살을 앓던 때이다. 왜냐하면, 당시 대한민국은 35년간 일제 강점기 통치에서 벗어난 지 얼마 되지 않은 상태에서, 1950년에 한국전쟁이 발발하여 1,129일 동안 치열한 진투로 온 나라가 잿더미가 되었기 때문이다. 지금 현재 사는 기준으로 생각해 본다면 세계 국제연합에서 인정한 193개 국가 중 아이티, 미얀마, 캄보디아, 방글라데시, 기니, 르완다, 우간다, 소말리아, 솔로몬제도 등 50개 국가의 최빈민국가에서 태어난 것과 같은 것이다.

지금 현재 우리 현실을 감안하면서 한 번 생각해 보자. 하루에 1,000원이 없어 굶어 죽어가는 사람이 하루에 10만 명이나 된다는 유엔의 식량특별조사 내용이 있다. 아마도 이들의 참혹한 기아 현상을 TV, 책, 팸플릿 등을 통해 접해 보지 않은 국민은 거의 없을 것이다.

이런 불쌍하고 비참한 현상을 아는 우리의 마음은 얼마나 안타까운가? 그러나 이런 현상이 약 70년 전에 우리에게도 있었다는 사실이다. 최소한 빈민 국가를 벗어나기 위해서는 하루에 1달러, 연 365달러 정도가 필요했다. 그러나 그 당시 우리나라는 내가 태어나고 10년이 지난 뒤인 1966년(480달러)에 이르러서야 겨우 최빈민

국가 신세를 면할 수 있었다.

하지만 최빈민 후진국에서 중진국으로 발돋움하여 근세기에 가장 빨리 1996년 세계 경제개발기구(OECD)에 가입한 나라도 우리나라다. 즉, 해방 이후 약 70년 만에 국민소득 25,931달러, 수출 5,727억 달러, 수입 5,255억 달러, 무역 세계 9위권(2014년 기준)에 진입하여 세계를 놀라게 한 것도 우리 세대인 것이다.

우리가 짧은 시간에 급성장하여 물질적으로 풍요로워진 만큼 정신적으로도 좋아졌는지 생각해 보면 그렇지는 않은 것 같다. 요즘 청소년들은 부모 세대와는 달리 잘 먹고 잘 입고 못 배운 사람이 거의 없다. 간혹, 주변 환경이 좋지 않아 그렇지 않은 경우도 있겠지만 말이다.

어쨌든 우리는 자연의 섭리에 따라 아름다운 탄생으로 축복받으며 시작하는 것은 똑같다고 생각한다. 그러므로 우리는 흙수저, 은수저, 금수저 따위와는 관계없이 내가 누군지, 어디에서 왔는지, 어디로 가야 하는지를 책이나 주변 지인 또는 친구로부터, 학교에서, 가정에서, 어른들로부터 보고 배우고 들어서 알게 된다.

나는 이것들을 고등학생 때부터 조금씩 알게 되었다. 그래서 나는 고등학교를 졸업하면 부모의 보호에서 벗어나 내 처지에 맞는 일을 찾아 정신적 또는 물질적으로 독립된 사람으로 거듭나도록 노력해야겠다고 다짐했다. 그리고 꿈과 희망을 크게 갖고 지금 흙수저인 상태를 벗어나기 위한 목표를 세우고 정신적·물질적·정서적으로 성장 발전해 나갈 수 있도록 학업에 매진했다. 즉, 나도 '할 수 있다'는 의지를 갖고 학업에 열중하여 꾸준히 노력한다면, 5년 내지 10년에 한 번씩은 내 주변의 환경이 변할 것이라는 꿈과 희망을 가졌다. 평생 최소한 3~4회 정도는 과거와는 다른 모습으로 성장해 있을 내 모습을 매일 상상했었다.

그래서 흙수저에서 은수저로 도약하기 위해서 고등학교를 졸업하고 합격한 한국폴리텍대학(기능전문대학) 입학을 가정 형편상 포기하고, 산업현장에 곧바로 뛰어 들어가 자신의 이상보다 낮은 업종이나 3D(힘들고, 더럽고, 위험한 일) 등을 가리지 않고 일하며 피나는 노력을 했다.

오늘날에는 청소년들이 전문 스펙 한두 개를 가지고 있어도 변변한 직장을 구하기 어려운 사회 속에 살고 있다. 그러나 이런 어려운 사회 속에서도 포기하지 않고 꿈과 희망을 갖고 꾸준히 노력한다면 자기 적성에 맞는 직업을 구할 수 있다고 믿는다.

즉, 우리 주위에 일자리가 부족해서 자신이 할 수 있는 일이 없다고 불만과 불평만을 늘어놓을 것이 아니라, 블루 오션(Blue Ocean)

전략으로 치열한 취업 경쟁 속에서도 경쟁을 피하면서 자신의 가치 혁신을 추구하며 새로운 일자리를 창조해 나가야 한다고 생각한다. 그러면 일자리는 우리 주변 곳곳에서 쉽게 찾을 수 있다.

그러나 일자리를 구하지 못하는 대부분의 사람들은 새로운 일자리를 찾는 노력을 하지 않고 기존에 있는 직업에만 의존하는 경우가 많다. 그런가 하면 대학을 나왔다고 3D 업종을 피한다든지 또는 너무 허무맹랑한 꿈과 이상만 가지고 자기 수준에 맞지 않는다고 일자리를 걷어 차 버리거나, 취업의 문을 두드리지 않는다. 이런 사람들은 바늘구멍 같은 무한경쟁 시대에서 살아남을 수 없다. 그래서 결국에는 사회의 낙오자로 전락하고 만다.

지금은 4차 산업혁명의 영향으로 디지털, 바이오 산업, 물리학 등의 경계가 정보통신기술의 기반 위에 융·복합되어 다양하고 새로운 일자리가 창출되고 있다. 하루가 다르게 급변하는 사회이므로 직업의 세계도 다양하게 변한다. 우리가 잠깐 한눈을 팔거나 방심하면 눈 깜짝할 사이에 인공지능을 갖춘 로봇들이 각종 직업을 차지해 버린다. 그리고 기존의 직업이 소멸되는 동시에 새로운 직업이 나타난다.

따라서 현재 존재하지 않거나 알려지지 않아 경쟁자가 없는 직업이나 특별한 스펙(학벌, 돈, 인맥 등)이 없어도 일할 수 있는 직업이 어딘가 숨어 있을 것이다. "두드려라, 그러면 열릴 것이다."라는 성경 말씀과 같이 눈을 부릅뜨고 매일 두드려야 한다. 취업 문을 매일 두드리면서 긍정적으로 생활하겠다는 사람에게는 취업 문은 항상 열려 있을 것이다. 결국, 이들만이 평온하고 행복한 삶을 살면서 노후 준비를 착실히 해 나갈 수 있다.

그러나 취업 문을 두드리지 않고 취업 문이 열리기만 기다린다면, 젊음은 금방 지나가서 중년 또는 노후에는 어려운 생활을 면하지 못하게 되는 것은 불 보듯 뻔하다.

즉, 우리가 누구인지, 어디로 가야 하는지를 알았다면, 흙수저가 은수저로, 은수저가 금수저로, 금수저가 더 높은 곳으로 향하여 성장 발전하기 위해서 두 개 내지 세 개의 일을 병행해야 하는 경우도 생길 것이다.

자기 스스로 열심히 노력하여 학업에 열중한 사람이라면 고등학교 또는 중학교를 졸업한 사람일지라도 대학교를 나온 사람들과 얼마든지 경쟁해서 이길 수 있고, 대학 나온 사람들은 석·박사 학위를 받은 사람들과 경쟁해서 이길 수 있는 것이다.

자본주의 국가에서는 학력보다 창의적 사고와 유연한 자세를 통해 자신의 환경을 변화시킬 길이 널려 있다. 그리고 금수저로 태어난 사람은 우리나라보다 나은 선진국 사람들과 대등하게 경쟁하여 더 많은 것을 얻어 어려운 이웃들에게 베풀 수 있도록 해야 한다. 또한, 많은 것을 사회에 환원하겠다는 분위기가 조성될 수 있도록 저마다 노력한다면, 현재의 우리 국가가 최빈민국가에서 중진국으로 발돋움한 것과 같이 짧은 시간 내에 선진국으로 더 가까이 다가갈 수 있을 것이다.

그러면 내가, 우리 가족이, 우리 사회가, 우리 국가가 더욱 좋은 복지환경 속에 남부럽지 않은 참다운 삶을 누릴 수 있으리라 확신한다.

어머니 사랑 속에 핀
자신감

내 청소년기인 초등학교와 중학교 시절은 아버지(48세)의 갑작스러운 실명으로 말 그대로 찢어지게 가난한 생활의 연속이었다. 그런데도 중학교를 졸업하고, 우여곡절 끝에 서울 광화문 중심에 있는 경복궁과 한국일보사 옆에 있는 수송전기공업 고등학교 입학시험에 합격하였다.

돌이켜 보면, 난생 처음으로 내 실력으로 공개 입학시험에 합격한 것이 내게는 학업에 대한 자신감을 준 것 같다. 그래서 나는 아버지의 실명으로 가족의 생존을 위해 생업에 발을 들여놓으신 어머니 대신 5년 동안 돌봐 왔던 가사 일을 중단하고 학업에 열중하였다. 그 결과, 초등·중학교 시절의 아이큐(IQ)가 85에서 100 정도밖에 되지 않던 것이 고등학교 때에는 아이큐(IQ) 100에서 120 정도로 올라 우등생으로 장학금까지 받고 다녔다. 일부 학자들이 말하는 것과 같이 평범한 사람도 아이큐(IQ) 85에서 120까지는 노력 여하에 따라 증가하거나 감소할 수 있다는 학설이 맞는 것 같다. 내가 초등학교 4학년과 중학교 3학년 때에는 어머니와 담임 선생님 덕분에 학업 성적이 조금 올라갔고, 고등학교 때에는 줄곧 우등생이었던 것을 보면 실감이 간다.

고등학교 시절, 계속 장학생이었던 덕분에 2학년 때에는 교감 선생님이 친구분 자녀인 초등학생에게 수학 과외를 가르칠 수 있도록 추천해 주셨다. 그래서 여름방학 동안에는 초등학생을 돌봐 주면서 난생처음 자력으로 용돈을 벌었다. 또한, 우리나라에 처음 도입한 슈퍼컴퓨터 기능과 원리에 대해 각 실업고 우수 학생을 대상으로 실시한 컴퓨터 실무 교육을 덕수상업고등학교에서 수료하기도 했다.

이는 나중에 공직생활을 하면서 다른 직원들보다 컴퓨터를 잘 사용하여 업무 처리하는 데 많은 도움이 되었다. 고등학교 3학년 때는 진학반과 취직반으로 구분되어 있었는데, 나는 가정 형편상 취직반에 들어가 2학기 후반에는 변압기를 만드는 중소기업에서 현장실습을 3개월 정도 받으면서 전문 직업으로 돈을 버는 첫 직장생활을 시작했다.

이런 어려운 환경 속에서도 어머니는 내게 사랑과 배려를 많이 해 주었다. 어머니는 아버지의 실명으로 바깥 활동을 못 하게 된 이후에 아현 시장 길가 모퉁이에서 좌판을 펼쳐놓고 오가는 손님에게 채소를 팔며 행상을 시작하였다. 어머니는 내가 초등학교 5

학년 때부터 중학교 3학년까지 5년간 어머니 대신 돌봐오던 가사 일을 갑자기 끊음에 따라 아침 일찍 일어나야만 했다. 그리고 집안 식구들을 위해 아침밥을 챙겨야 했고, 고된 행상의 일과가 끝나면 밤늦게 귀가하여 저녁밥과 빨래를 해야만 했다.

어머니의 행상은 이른 아침에 밭에 나가 채소를 받아야 신선도를 유지할 수 있었다. 그리고 채소가 물러지지 않도록 큰 고무 용기에 가지런히 넣어 이것을 머리에 이고 먼 길을 걸어와서 버스 타고 시장까지 가야만 하는 것이다.

이른 아침 시간에는 출근하는 승객이 없으므로 다행히 차장과 말싸움을 하지 않아도 쉽게 차를 탈 수 있었다. 그러나 간혹 밭에서 채소를 수확하는 시간이 늦어지거나 집안일 때문에 조금만 늦게 밭에 나가게 되면 비좁은 버스를 타기 위해 출근하는 승객들과 몸싸움을 하거나 승객들의 짜증스러운 눈길을 온 몸으로 받아야 했다. 또한, 버스를 태워 주지 않으려는 차장과도 한바탕 말싸움을 해야 하고, 끝까지 태워 주기를 거절할 때에는 떠나는 버스를 바라보며 원망의 눈길을 보내는 것으로 대신해야 했다.

얼마나 답답하고 속이 상하셨겠는가? 채소의 신선도가 떨어지고 한창 팔아야 하는 시장 시간에 맞추지 못하면 그날 장사는 망친다. 하루 벌어 하루 먹고 살아야 하는 장사에 큰 타격을 입어 어머니의 가슴 속에는 한숨만 나왔다. 이것뿐만 아니라, 비가 오거나 눈이 오면 피할 수 있는 곳이 마땅치 않아 남의 가게 처마 밑으로 몸을 피해야 한다. 때에 따라서는 자신들의 가게 앞에서 장사하면 손님이 떨어지니 다른 곳으로 옮기라고 하면 아무 말 없이 장소를 옮겨야 하는 처량한 신세였다. 추운 겨울, 엄동설한에는 따뜻한 난로가 없어 발과 손에 동상을 입고 퉁퉁 부은 발과 손을 동동 구르며 자식들을 살리기 위해 온갖 고통을 이겨내야 하는 어머니를 생각하면 마음이 미어지는 것 같았다.

지친 몸으로 밤늦게 돌아와 집안일까지 해야 하는 어머니는 나 때문에 더욱 바쁘게 지내야만 했다. 내가 사는 것이 힘들고 고통스러울 때마다 어머니의 행상하던 모습을 떠올리면서 지금보다 더 잘 살아야겠다는 꿈과 희망을 가지고 나를 채찍질하고 또 채찍질했다.

지금도 전통시장이나 길거리에서 추운 겨울에 털모자를 쓰고 손발을 동동 구르며 행상하는 분들을 보면 그 당시 어려운 시기에 행상하던 어머니의 모습이 아련히 떠오른다. 이런 어려움에도 불구하고 어머니는 내게 집안일을 돕지 않고 공부만 한다고 야단 한번 치지 않았다. 나중에 어머니께 여쭤보니 그 당시에는 정말로 많이 섭섭해서 뒤돌아 숨어서 눈물도 많이 흘렸다고 한다.

그렇게 말하면서도, 빠뜨리지 않고 얘기하는 것이 하나 더 있다. 당신이 밤늦게 집에 돌아오면 자기들은 노란 강냉이 죽을 먹으면서도 당신을 위하여 따뜻한 밥을 지어 아랫목에 깊이 묻어두었다가 김이 모락모락 나는 밥과 변변치 않은 반찬이지만 정성껏 차려 준 밥상을 대할 때마다 모든 힘든 일들이 싹 가실 정도로 고마웠다고 한다. 나는 그 당시 아버지의 말씀에 따라 우리 식구를 위해 고생하는 어머니에게 해 드린 자그마한 일이었는데 말이다.

그리고 내가 학업에 열중하여 장학생으로 학교생활을 하니 행상하면서 겪은 힘든 시간이 아깝지 않았고 기분도 매우 좋았다고 한다. 자식이 공부를 열심히 하여 지금보다 더 나은 생활을 할 수 있다면 어떠한 희생도 감수할 수 있다는 것을 몸소 보여주었다. 자식을 양육하는 부모 입장인 내가 지금에야 다시 한 번 느끼지만, 부모님의 사랑, 특히 어머니의 사랑은 끝이 없다는 것을 실감한다.

잭 캔필드의 『마음을 열어주는 101가지 이야기』에서 다음과 같은 이야기가 나온다. 어느 날 어린 아들이 엄마에게 '잔디 깎은 값 5달러, 내 방 청소한 값 1달러, 심부름 다녀온 값 50센트, 동생 봐준 값 25센트, 쓰레기 내다 버린 값 1달러, 숙제를 잘한 값 5달러, 마당을 청소하고 빗자루질을 한 값 2달러, 전부 합쳐서 14달러 75센트'를 엄마에게 청구하였다. 이에 엄마는 연필을 가져와 아들이 쓴 종이 뒷면에 이렇게 적었다. '너를 내 뱃속에 열 달 동안 데리고 다닌 값, 무료. 네가 아플 때 밤을 새워 가며 간호하고 널 위해 기도한 값, 무료. 너 때문에 지금까지 여러 해 동안 힘들어하고 눈물 흘린 값, 무료. 너 때문에 불안으로 지샌 수많은 밤들과 너에 대해 끊임없이 염려해야 했던 시간들도 모두 무료. 장난감, 음식, 옷, 그리고 심지어 네 코를 풀어 준 것까지도 전부 무료. 이 모든 것 말고도 너에 대한 내 진정한 사랑도 무료.'라고 적었다, 아들은 엄마가 쓴 글을 다 읽고 나더니 갑자기 눈물을 뚝뚝 흘리며 엄마에게 말했다. "엄마, 사랑해요!" 그러더니 아들은 연필을 들어 큰 글씨로 '전부 다 지불되었음.'이라고 썼다는 이야기가 있다.

나는 어머니의 사랑을 되새겨 보면서 내 나이 40세가 넘으면서 가능한 한 달에 한 번은 주말에 찾아뵙고 점심을 같이하는 습관을 지녔는데 지금 60세가 지난 현재까지 계속 유지하고 있다. 지금은 여유 시간도 많고 해서 80세가 넘은 어머니를 한 번이라도 더 찾아뵙고 싶어 한 달에 두 번 정도 찾아가서 드라이브 겸 점심을 같이하고 있다. 작은 실천이지만 이것으로 어머니가 내게 베풀어 준 사랑과 배려에 십 분의 일 아니 백 분의 일이라도 보상이 되었으면 하는 마음을 항상 간직하고 있다.

독서를 통해
삶의 방향을 잡다

고등학교 졸업 후에는 자동전압조정기를 만드는 회사에 취직하여 1년 정도 근무하고, 그만둔 다음 서울 중심가에 있는 모 호텔 변전실에서 직장생활을 계속했다. 그때 형편상 보지 못했던 문학 소설을 많이 읽을 기회가 생겼다. 호텔 내에 있는 객실, 레스토랑, 나이트클럽, 게임오락장, 상점 등에 전기 공급 및 보수를 해 주는 변전실에서 격일제로 근무하면서 독서할 수 있는 여건이 마련되었다.

이 당시에 읽은 책으로는 도스토옙스키『죄와 벌』, 톨스토이『안나 카레리나』, 파스칼『팡세』, 키르케고르『죽음에 이르는 병』등 많은 책을 닥치는 대로 읽으면서 소설 속에 나오는 주인공들의 생활상을 나와 비교하며 정체성과 삶의 목표, 삶의 의미를 정립해 나갔다.

이때 나는 '참다운 인간이 되어야겠다'는 목표를 세우고 어떻게 하는 것이 참다운 삶의 길인지 하루에 10번 이상 생각하면서 걸으며 산책하는 것을 좋아했다. 그리고 틈틈이 시간이 나는 대로 나 홀로 배낭여행을 자주 떠났다.

　이런 목표를 이루기 위해 일상생활에서 벗어나 배낭을 둘러매고 혼자 국내 여행을 계속하면서 매일 더 나은 삶을 위해 노력을 아끼지 않았다. 그러면서, 전기와 관련된 자격증 획득과 보다 더 좋은 직장을 마련하기 위해 전공과목 공부도 게을리하지 않았다. 이것이 내 목표를 올바른 길로 인도할 것이라는 확신을 가지고 24시간 일하고 24시간 쉬는 격일제 근무를 하면서 어려운 고난과 힘겨운 여건을 이겨냈다.

　이런 행동은 내 습관으로 고착되어 지금도 살아가야 할 의미를 계속 찾고 있으며, 앞으로도 내 생명이 다할 때까지 참다운 인간이란 어떤 것인지를 끊임없이 추구하고 공부할 것이다.

　독일 출신 미국의 심리학자인 에릭슨(Erikson)의 성격발달과정 8단계 중 5단계인 청소년기(12~20세)인 중·고등학생 시기에는 부모로부터 정서적으로 독립하게 되고 신체적으로도 성숙기에 이르게 된다고 한다. 또한, 자신에 대한 정체성에 관심을 갖게 되어 자아 정체감이 발달하고 직업에 대한 탐색과 선택에 대한 많은 갈등을 갖는 시기이다.

특히, 직업 선택은 우리 생활과 인생에 많은 영향을 미치므로, 선택한 직업과 관련된 시간을 어떻게 보낼 것인지, 돈을 어떻게 벌 것인지, 어떻게 살아갈 것인지 등을 고려하여 신중하게 결정해야 한다. 결정된 직업에 따라 사회적으로 교섭하고 접촉할 사람들의 수준이 좌우되기 때문이다. 이때에는 많은 책을 통해 결혼관, 직업관, 인생관 등 각종 가치관을 습득하거나 가까운 지인 또는 친구, 선생, 부모들로부터 자문 또는 조언을 받아 자신의 수준에 맞게 보완하여 중·장기적인 인생 계획을 수립하여 우선순위를 정하고, 실천으로 옮기도록 노력해야 한다.

우리는 주변에서 도움을 받을 수 있는 사람이 없다고 포기하면 안 된다. 우리 주변에는 많은 책들을 돈 없이도 마음대로 볼 수 있는 장소가 곳곳에 있다. 공공도서관, 지하철역 독서실, 이동도서관, 책방, 인터넷 웹 등에서 우리의 길잡이가 되어 줄 책을 공짜로 구독할 수 있다.

자기 삶의 목표가 정해지면, 지금 당장 자신의 위치에서 가장 먼저 해야 할 일에 우선적으로 집중해야 한다. 그리고 나서 5년 내지 10년 앞을 내다보고 지금 현재의 상태보다 10배 정도 좋은 자신의 목표를 세워 중·장기적인 꿈과 희망을 이루기 위해 노력해야 한다. 그리고 자신의 목표가 달성되었다고 현실에 안주하지 말고 꿈 너머 꿈을 위해 제2, 제3의 꿈과 희망을 다시 설정하여 점진적으로 자기의 수준과 위치에 따라 목표치를 재수정·발전시켜나가야 한다.

나는 에릭슨이 정한 청소년기에 형성되어야 할 삶의 방향과 직업관이 고등학교를 졸업하고, 직장생활을 한 뒤에 조금 늦게 결정되었다. 그 이유는 부모나 주변의 지인들로부터 자문과 조언을 얻기가 어려웠기 때문이다. 대신 많은 책을 읽으면서 내 삶의 방향을 정하고 내가 고등학교에서 배운 것을 최대한 활용하여 가장 쉽게 돈을 벌 수 있는 직업을 선택하였다.

그러면서 지금 당장 내가 돈을 벌 수 있는 전공 공부를 게을리하지 않은 결과, 전기기기 관련 자격증을 획득하였고, 그 당시 처음 설립된 한국폴리텍대학에도 합격하였다. 그러나 어머니와 형들의 힘으로 근근이 생활을 이어갈 수밖에 없는 가정 형편상 기능대학 입학을 포기해야만 했다.

하지만 주변 형편이 조금 나아지면 언젠가는 대학에 가겠다는 꿈을 포기하지 않았다. 논어(論語) 학이(學而)편에 '배우고 제때에 익히니 또한 기쁘지 아니한가(學而時習之 不亦說乎)? 뜻을 같이 하는 사람이 먼 곳에서 찾아오니 또한 즐겁지 아니한가(有朋自遠方來 不亦樂乎)? 남이 알아주지 않아도 원망하지 않으니 또한 군자답지 아니한가(人不知而不慍 不亦君子乎)?'라는 말씀이 있다. 나는 이 말씀을 늘 되뇌이며 지금은 대학을 갈 형편이 못 되지만 30대 이전까지 열심히 노력하여 대학교에 가야 말겠다는 다짐을 하며 배움의 꿈을 놓지 않았다.

만약, 내가 대학을 가지 않는다 하더라도 책을 통해 올바른 삶의 지혜를 배우고 실천해 나가다 보면 참다운 삶에 대한 진정한 신념을 지닌 지인과 친구들도 주변에 모일 것으로 생각했다. 이런 사고를 가지고 살아가고 있는데, 주변 사람들이 나를 인정해 주지 않는다고 해서 그들을 미워하거나 낙담하지 말고 홀연히 내 길을 가기로 결정했다.

또한, 돈이라는 것은 너무 넘치면 게으르고 나태해져서 안 되고 너무 모자라면 자신이 하고 싶은 일을 성취하기 어려우므로 안 된다. 따라서 내 수준에 맞는 필요한 자금은 항상 유지할 수 있는 적당한 직업 선택에 최선의 노력을 아끼지 말아야겠다고 생각했다.

나는 자아 정체감과 직업관, 삶의 목표, 꿈과 희망 등을 현실에 맞게 실현하기 위한 노력을 거듭한 결과, 성년기와 장년기에 겪는 어려움과 난관을 슬기롭게 참고 견뎌 나갈 수 있었다. 따라서 우리는 꿈꾸는 목표가 유명하고 대성한 인물들이 꿈꾸는 내용과는 상당한 차이가 있다 하더라도 반드시 우리가 처한 주변 환경에 맞는 소박한 꿈과 목표를 설정해야 한다.

그리고 매일 자신이 정한 삶의 목표와 의미를 되새기며 생활한다면 누구나 자신이 바라는 꿈과 희망을 이룰 수 있다고 믿는다. 만약, 이런 목표 없이 생활한다면, 자신의 삶이 무엇을 원하는지

어디로 흘러가는지도 모르고 남이 하는 대로 단순히 따라 하거나, 아니면 남이 시키는 대로 하는 수동적인 사람이 되고 말 것이다.

그래서 지금보다 더 나은 생활을 영위해 나가기 위해서 격일제 호텔 변전실 생활을 계속한다면 앞으로 비전이 없다고 생각했다. 돈과 권력이 없고, 학연, 지연, 혈연이 부족한 나로서는 오로지 자신의 실력만으로 이것을 극복해야 한다고 생각하였고, 이에 가장 주변 영향을 덜 받고 내 삶의 목표를 달성할 수 있는 것이 공직사회라고 생각했다. 또한, 내가 공무원 시험에 도전하여 합격한다면, 향후 군대 제대 후에도 직장이 우선 보장되어 취업문제로 방황하지 않아도 되고, 앞으로의 발전과 승진 등에 있어서도 돈과 권력, 학연, 지연, 혈연 등에서 일반 기업보다 훨씬 자유로워 내 목표에 더욱 쉽게 접근할 수 있다고 판단하였다.

결국, 나는 군 입대 전에 공무원 시험에 도전하여 합격했다. 첫 발령지인 체신부 신촌전화국 전기실에서 9급 전기기능직으로 약 3개월 근무하다가 1977년 1월 군에 지원, 입대하였다.

만만치 않은
군대생활 속에 아름다운 전역

나는 고등학교를 졸업하고 육군사관학교 시험을 보고 싶었는데 시력이 나빠 시험을 보지 못했다. 결국, 사병으로 군에 입대하였다. 대한민국 국민에게 주어진 국방의 의무는 피할 수 없었기에 병무청에 정상적인 입대 날짜보다 빠르게 자원입대 원서를 작성하여 군에 입대하였다. 조금 일찍 시작한 군대 생활도 초기에는 순탄하지 않았다. 입대 통지서를 받고 왕십리에서 열차를 타고 논산훈련소에서 1개월간 훈련을 마치고 강원도 춘천에 있는 103 보충대로 갔다. 보충대에서 다시 양구에 있는 교육 2사단 훈련소를 거쳐 보병 2사단 소속 사단수색대대로 배치되어 일병 때까지 특수부대와 같은 수준의 고된 군사훈련을 받았다.

아침 기상과 함께 눈이 오나 비가 오나 거의 매일 산에 올라가 아침 점호를 받으며 일과를 시작했다. 일과시간에는 산악구보, 사격, 침투 및 잠복 훈련, 대항군, 북한 총검술과 언어교육(유사시 적 중심부에 투입하여 적군으로 위장 침투하기 위함), 공수낙하훈련 등 특수부대에서 실시하는 혹독한 군사훈련을 받았다. 밤에는 야간 사격훈련과 야간 산악구보를 일주일에 두 번 이상 했다. 허약한 내 체질로 특수훈련을 이겨내기는 어려운 일이었지만, 누구 하나 나를 도와주는 사람이 없어 이를 악물고 견뎌야 했다.

그러나 결국에는 지속되는 고된 훈련으로 일 년을 이겨내지 못하고 치질이 생겼다. 치질 치료를 위해 사단 의무중대에서 야전병원을 거쳐 광주통합병원으로 후송되어 수술을 받고 약 3개월간 병원 생활을 했다. 수술 부위가 호전되어 부대에 원대 복귀하였으나, 계속 특수부대에서 혹독한 훈련과 특수 업무를 수행하기는 곤란하다는 대대장의 판단에 따라 인제 원통에 있는 105mm 포병대대로 전입되었다.

포병대대에 전입되어 알파, 브라보, 차리 포대에 배치되기 전에 본부 포대에서 전입자에 대하여 실시하는 숫자계산 예비시험을 봤다. 이 숫자계산 예비시험은 곡사포에 포탄을 장전하여 목표물을 타격하기 위해 곡사포의 편각과 사각을 계산하여 각 포대에 알려주는 계산병을 차출하기 위한 것이다. 즉, 곡사포를 쏘기 위해 기상관측반과 측지반에서 측정, 통보해 준 온도, 바람의 세기, 거리 등을 계산하여 각 포대에 전달해 주면 포대에 설치된 105mm 곡사포의 포신을 사각과 편각에 맞춰 폭약을 장전하여 목표물을 향해 폭탄을 발사하는 것이다. 나는 계산병으로 차출되어 본부포대 작전과에 근무하게 되었다. 이로써 군 생활 후반기에는 포병 본부

포대 작전과 상황실에서 근무하면서 무난하게 33개월의 국방의무를 완수했다.

나는 군대생활을 통하여 불규칙적인 직업병(격일제 근무 등으로 인한 불규칙적인 잠자리와 식생활 환경)이 규칙적인 환경으로 변함에 따라 허약한 체질이 강인한 체력으로 바뀌었다. 또한, 힘든 훈련 과정과 남자들끼리의 공동체 생활 속에서 오는 어려움을 견뎌내는 인내심과 끈기를 배웠다. 그리고 일당백(一當百)이라는 정신력도 강화되었다.

이런 힘든 국방의 의무를 끝마치고 제대하는 내게 생사고락(生死苦樂)을 같이했던 전우들이 추억록(전선의 달밤)을 만들어 줬다. 이 추억록 속에 남겨 준 글귀 몇 개를 적어 그 당시 전우 얼굴을 회상하며 전우애를 다시 한 번 음미해 본다.

"내가 만일 한 마음의 파열을 멎게 할 수 있다면 내 삶은 헛되지 않을 것이다. 내가 만일 한 생명의 고통을 덜게 할 수 있다면, 혹시 그 고뇌를 식힐 수가 있다면, 또는 내가 까무러쳐 가는 한 마리 물새를 제 보금자리에 다시 돌아가 살게 한다면, 내 삶은 헛되지 않을 것이다."

_김ㅇ술

"첫 아침의 눈, 지나간 날의 따뜻한 기억, 쓰라린 자취의 아픔은 잊어져 가리, 모양 지워지지 않는 내일의 꿈, 누구나 이루어 보고 싶은 우리의 꿈, 불러보고 싶은 이름들 아직은 아득해도, 솟으며 이글대는 아침 해의 풋 얼굴, 일어서서 달려오는 아침파도 저만큼, 닿을 듯 빼어난 흰 눈의 절정 - 어디에 너 있는가, 나래 고운 새여, 어디서 너 오는가, 죽지 않은 새여 - 그 위에 하늘 한목 파아랗게 얼어 있다."

_권ㅇ선

"전역의 순간에 길다면 길고 짧다면 짧은 3년 동안 울고 웃고, 울고 웃으면서 때론 바보가 되어도 보고, 때론 제 정신에 없었던 짓도 해야 했던 지내온 생활들, 앞날 생활에 보탬이 되리라. 시작도 없고 끝도 없는 세월의 한 대목에서 기이한 인연으로 서로 만나 정이 들자 이별이라. 만나고 헤어짐이 인생사라고 하지만 씁쓸한 여운만 남긴 채 떠나가야 할 당신, 부디 가는 길에 행운이 함께 하소서."

_알밤백

"조국이란 진면목을 느꼈다기보다는 지겹도록 MOS다 ATT다 속물들의 외침 속에 휘말려온 날들, 확 쳐버리는 지금이야 보이는 게 없겠지만… 층계를 구태여 전가하는 사회 속에서는 꽤나 익됨 있으리라. 비사격은 물론 순찰도 없는 날들에는 예쁘고도 평범한 그 속에서도 비상한 한 여인 골라잡아 생이 무엇인가를 다시금 뇌까여 주게나. 그리고 초가집이 보고픔 날 찾아 주슈."

_연병장

"영겁을 돌다 어느 머언 원시림을 스쳐 불던 바람이 날아와 우뚝 멈추었다. 적막한 누리에 등촉 밝혀 거대한 그림자 드리우고 내뻗은 줄기, 영욕이 어우러져 누운 피안을 외면하고 하늘 향해 두 팔 뻗은 고고하고 장엄한 웅자."

_백ㅇ관

"새벽, 세계 위를 달리는 태양을 나는 믿는다. 나 그대를 믿듯이 태양은 이 세계에 대지를 만든다. 새벽을 꿈꾸며 잠든 여인, 꾸밈없는 얼굴 위에 밤의 어둠 위로 감도는 미소, 신비로운 벅찬 기쁨, 자욱한 안개의 소용돌이는 우리의 땅과 하늘을 몰아가고, 영원히 서로의 것이 된 우리 둘만을 남겨 놓는다.
오, 망각으로부터 떠올린 너,
오, 행복하기를 기원했던 너."

_권ㅇ선

아름다운 내 고향

　　내 고향인 서울 서대문구 연희동의 서쪽에는 1950년 6·25 전쟁 때 인천 상륙작전 성공(1950. 9. 25) 후, 한강으로 도하한 해병대가 백병전으로 탈환한 104고지가 있다. 이 고지는 서울 수도 사수를 위해 북한군이 요새화한 고지로서 남한군이 중앙청에 태극기를 게양하는 데 선도하였으며 이 백병전에서 1개 중대 중 26명만 생존한 치열한 격전지 중 하나이다. 북동쪽으로는 나지막한 산자락에 둘러싸여 있다. 연희동이라 이름은 현재 연세대학교가 있는 연희궁(延禧宮)터에서 유래했다.

　　이곳은 조선 후기 숙종(肅宗)의 총애를 받던 장희빈(張禧嬪)의 친정집으로 알려진 오래된 집이 있고, 동쪽 아래에는 장희빈이 사용하였다는 우물이 있다. 그 옆에는 500년가량 된 느티나무가 있어 이곳에 연희정(延禧亭)이 세워져 연희궁이라 불리게 되었다. 내가 살던 시기에는 동쪽은 윗말, 서쪽은 아랫말, 남쪽은 큰말, 북쪽은 궁골이었다. 최근 1980년대에는 윗말과 아랫말에서 각각 1명씩 두 명의 대통령이 나와 유명세를 탔던 동네이기도 하다.

나는 이곳 연희동에서 남가좌동으로 넘어가는 밤나무가 많아 붙여진 밤 고개 아래에 있는 궁골 약 230㎡ 초가집에서 5형제 중 셋째로 태어났다. 내가 태어난 집은 안방, 건넌방, 사랑방, 마루, 부엌, 화장실, 장독대로 구성된 전형적인 ㄷ자형 초가집이었다. 집 앞에는 작은 우물이 있었고, 개울물이 흐르는 조그마한 개천이 있었으며, 집 뒤에는 감나무가 자리고 있었다.

어린 시절을 회상해 보면 안산과 밤 고개 뒷산 사이에서 시작한 개울물이 지금의 연남동과 합정동을 거처 한강으로 흘러가는 냇가가 있었고, 주변에는 논과 밭이 있는 약 100여 가구가 사는 조용한 마을이었다. 내가 사는 집 위쪽에는 미국인 선교사가 사는 고급 저택이 있었고, 그 주변은 소나무, 아카시아 나무와 밤나무 등이 울창하게 자라고 있었다. 내가 태어나기 전에는 늑대와 여우도 살았다고 하나, 내가 태어날 당시에는 사람들이 많이 들어와 살아 여우나 늑대는 보이지 않았다.

내가 사는 집에서 약 10분 정도 걸어 나가면 약 3,300㎡의 큰 연못과 우물, 정자가 있어 종로, 광화문, 서대문, 신촌 등 시내 중심지에 사는 낚시꾼들이 주말이면 가족과 함께 붕어, 잉어, 메기, 장어 등을 잡으려고 찾아오곤 했다. 우리는 주로 냇가에서 붕어, 메기, 미꾸라지 등을 잡아 집에서 수확한 호박, 감자, 고추, 파 등을 넣고 수제비와 함께 매운탕을 끓여 먹거나 개구리 뒷다리와 메뚜기를 잡아 구워 먹었다. 그래서 지금도 가끔 먹는 민물 매운탕은 내가 선호하는 음식 중 하나다.

거울에는 논에 물을 받아서 스케이트장을 만들어 스케이트와 썰매를 타고, 나무로 만든 스틱으로 윗동네와 아랫동네 젊은이들 간에 아이스하키 시합도 자주 하곤 했다. 또한, 내가 사는 집에서 그리 멀지 않은 밤 고개 언덕 아래에서 대나무로 만든 스키 장비를 가지고 스키를 타기도 했다. 미국 선교사 집 아이들은 철로 만든 눈썰매를 타서 부러움의 대상이 되기도 하였다. 이런 아름다운 자연환경 속에서 나는 태어났다.

06

초년 시절의 고난

탄생은 아름다운 것이고, 존재는 신성한 것이다. 우리가 아무리 어려운 환경에서 태어나 잘 생기지 못하고 변변치 못한 환경에서 살거나 일을 한다 해도 우리는 지금 살아 숨 쉬고 있는 이 순간의 행복을, 자연이 주는 아름다움의 혜택을 마음껏 누려야 한다. "너를 죽일 수 없는 것이 결국, 너를 더 강하게 할 것이다." 라고 말한 니체와 같이 우리 앞에 아무리 힘든 고난과 고통이 놓여 있다 할지라도 긍정적이고 낙천적인 사고를 가지고 죽을 힘을 다해 지금을 살아간다면 지금보다 훨씬 나은 삶이 우리 앞에 매 순간 순간 새로운 희망의 빛줄기로 나타날 것이다. 즉, 우리가 죽을 만큼 견디기 어려운 환경에 처해 있으면 있을수록 꿈과 희망의 빛줄기를 잡기 위해 더욱 더 우리는 강해질 것이다.

나는 아버지 혼자서 조부모, 고모, 삼촌, 그리고 어머니, 형 2명, 나, 동생 2명 총 10명을 부양하는 대가족의 한 명이었다. 가난한 가정에서 태어난 사람들의 공통된 어려움이겠지만 내가 태어날 당시, 아버지는 3대째 서울에서 생활하고 있는 가정에서 6남매 중 장손으로 태어나 힘들게 가정을 이끌었다. 우리 선조들은 선량하고 자존심이 강했기에 일제 강점기 정책에 강력히 반대하다가 일본인에게 빌붙어 사는 일본 앞잡이 농주에게 농토를 빼앗겨 정상적인 생활을 하지 못했다.

아버지는 이런 일제 강점기에 태어나 소년기와 청소년기를 보냈고, 천성이 워낙 착하고 성실하였으며 불의를 보면 참지 못하는 강직한 성품의 소유자였다. 그리고 부모님에 대한 효심이 깊으신 분이었다. 또한, 가난한 대가족의 장남으로 태어나 부모님과 동생들을 이끌어야 했다. 더구나 선조들이 일제 강점기 교육정책에 반대하였기 때문에 공적인 중등 교육도 변변히 받지 못하였다.

아버지는 선조께서 일본인에게 빼앗긴 농토를 해방되는 시점에서도 되찾지 못하여 청소년 시절부터 농사지은 채소를 사서 판매하는 도·소매 상인으로, 남대문과 서대문 시장에서 리어카로 물건을 받아 동네를 돌아다니며 판매하는 행상으로, 또는 경제 상황이 좋을 때는 서대문에서 잡화점 가게도 운영하였다. 하지만 어느 것 하나 뚜렷하게 성공을 거둔 것이 없었다. 간혹, 장사가 잘되어 돈이 조금 생기면 친구들과 술 마시기를 즐겨 우리 가정은 항상 어려웠다. 또한, 정당하지 못하거나 분을 참지 못할 정도로 감정이 폭발할 경우에는 술을 드시고 말 못하는 전봇대를 치고박고 하며 마음을 다스리는 분이기도 했다.

나는 초등학교 2학년 때 아버지가 리어카를 끌고 서대문 시장에서 물건을 받아 아현동 일대를 돌아다니면서 행상하는 일을 거들었던 것이 생각난다. 이런 가난한 살림 속에서도 아버지는 장사를 마치고 집으로 돌아올 때는 할아버지와 할머니가 좋아하시는 생선과 과일은 꼭 챙겨 돌아오셔서 동네에서는 효자로 소문이 날 정도였다. 할아버지는 내가 여섯 살때 고인이 되었다.

그리고 일본인들이 제2차 세계대전 말기 군수품을 만드는 공장이나 탄광 등에 보내기 위해 젊은 사람들을 강제 노역 징집하고 있을 때, 아버지는 여기에 반대하여 강제 노역 징집을 면하기 위해 이리저리 피신해서 용케 살아남았다. 아울러, 1940년도에 시작한 조선의 가족, 친족제도를 일왕을 종가로 하여 조선의 성(姓)을 일본의 씨(氏)로 바꿔 우리 민족정신을 말살시키려고 시작한 창씨개명에도 반대하여 창씨개명을 하지 않았다. 이런 상황 속에서 대가족 가장으로서 정상적인 가정생활을 한다는 것은 상상도 할 수 없었다.

더구나, 끔찍한 일제 강점기로부터 해방되어 삶의 희망을 가진 지 얼마되지 않아 1950년 6월 25일에 한국전쟁이 터져 온 국토가 폐허가 되었다. 내가 사는 집뿐만 아니라 모든 국민이 상당히 어려운 경제난에 시달렸다.

내가 태어난 1956년 8월만 해도 우리 가족은 매일 끼니 걱정을 해야 하는 상태였다. 가족 중 누군가 병에 걸리면 적절한 시기에 치료를 받을 형편이 못 되었다. 다행히, 우리 가족은 집을 가지고 있어 이집 저집으로 이사 다니는 불편이 없었던 것이 불행 중 다행이었다.

이런 가운데 나는 5살 되는 해에 전염병인 학질(말라리아)에 걸려 고열과 복통으로 꼼짝도 못했다. 그리고 잘 먹지 못해 굶주림과 영양실조로 죽음 일보 직전까지 갔다. 내가 기억하기로는 아버지께서 반죽음 상태인 나를 신촌에 있는 병원에 업고 다니면서 살려주었다. 어려운 환경 속에서 내가 삶을 되찾은 것은 부모님의 많은 노력과 희생으로 살아남은 것이겠지만 그 당시 낙후된 의료시설과 열악한 주변 환경 속에 번진 전염병으로 죽어간 많은 사람들 가운데에서 살아남은 것으로 본다면 하늘이 내게 주신 천운 때문에 기사회생한 것이 아닌가 생각해본다.

초등학생 시절은 영양실조와 질병으로 고통을 많이 받던 시기였다. 내가 다니던 창서초등학교는 연세대학교 밑에 있는 신촌동에 있었다. 5학년 중반까지 연희 고개를 넘어 3km를 걸어 등·하교하였다. 나는 가정형편과 주변 환경이 여유롭지 못하고 미래가 불확실하여 제일 먼저 건강하게 살아남는 것이 우선이었고 학업은 뒷전이었다.

잘 먹지 못한 관계로 영양실조에 걸려 연세 대학병원에서 실시하는 어린이 영양실태 조사 대상자로 선정되기도 했다. 연세 대학병원에서 조사자 대상으로 실시하는 검사가 끝난 후에 주는 빵이 그 당시에는 얼마나 맛있었는지 모른다. 지금 생각하면 눈물이 날 정도다.

이런 가운데에서도 4학년 때에는 음악에 소질 있는 담임선생님을 만나 서울시 합창대회에 우리 반이 선정되어 참가하는 기회도 가졌다. 우리 반은 우승은 못 했으나 수업이 끝난 후에 합창 연습한 것이 좋은 기억으로 남아 있다.

한편, 어머니는 어려운 가정 살림에도 나를 중학교에 보내야 한다는 생각에 초등 4학년 때에는 수학 과외를 시켜 주었는데 이것도 잠시, 1년 만에 마쳐야만 했다. 그 이유는 내가 졸업하는 1969년도부터 중학교 입학시험 제도 대신 추첨제로 전환되었기 때문이다. 우리같이 어려운 환경 속에 생활하는 부모들에게는 교육비 부담이 덜어졌지만, 내게는 공부할 기회를 잃은 것이 아쉬웠다.

그러나 더욱 어려운 고난은 초등학교 5학년 때에 찾아왔다. 아버지를 도와 가정에 많은 도움을 주고 있던 큰형이 군대에 자원입대하였고, 월남전 청룡부대 1기로 파견 근무한 막내 삼촌은 제대하였으나, 자신의 앞가림이 급했던 분인지라 우리 가정 살림에는 별로 도움이 되지 않았다.

이런 가운데 한창 김장철이 다가오는 겨울 초입, 어느 날 갑자기 아버지에게 실명이라는 청천벽력 같은 일이 떨어졌다. 아버지는 평상시와 같이 김장용 배추와 무를 트럭으로 받아 놓고 동네에서 도·소매하는 일을 하고 있었다. 그러나 그날따라 채소가 늦게 도착하여 화가 많이 나 있었다. 더군다나 그 다음 날에는 갑자기 강추위가 와서 배추와 무가 얼어 상품가치가 떨어질 것 같아 이런저런 근심과 걱정이 많았다. 결국, 아버지는 그동안 앓고 있었던 만성 고혈압이 양쪽 눈의 안압을 급속히 올려 시신경이 끊어진 것이다. 아버지는 갑자기 하루아침에 실명하게 되었다.

별안간 생각지도 못했던 일이 일어나서 우리 집안 살림은 말이 아니었다. 유명한 세브란스병원, 가톨릭서울성모병원과 전문 안과 등을 찾아 실명된 눈을 고치려 노력하였지만, 당시의 의학기술로는 고혈압으로 시신경이 끊겨 치료가 불가능하다는 의사의 진단만 받았다. 그런데도 우리 가족이 먹고 살아가기 위해서 아버지는 재활치료를 받아야만 했다. 그러나 그 재활치료라는 것이 민간 자연요법 치료나 무속신앙 정도였다. 마지막에는 신앙적인 노력까지 시도해 보았지만, 회복하지 못했다.

우리 가족은 아버지 혼자 벌어오던 수입원이 끊겼다. 그리고 아버지의 병원비와 우리 가족의 생활 비용을 충당하기 위해 주변에서 돈을 빌려 생활했기에 1년 만에 많은 빚을 지게 되었다. 결국, 우리 가족은 더 궁핍한 생활을 하게 되었고 나의 고난은 계속되었다.

내 고향 너머
새로운 터전으로

1970년 새마을 운동이 시작되기 바로 직전이었다. 당시 우리 동네는 도시개발계획에 따라 연희로와 성산로가 개설되고 주변 주택단지를 재개발하는 사업이 한창 진행되고 있었다. 평지에는 고급 주택이, 고지대에는 시민 아파트가 세워졌고, 성산로와 연희로 주변에는 상가가 생겼다. 이로 인해 주변 땅값이 상당히 올라 내가 사는 초가집을 처분하면 그동안 아버지의 병원비와 가족의 생활비로 빚진 것을 갚고 나머지 돈으로는 밤 고개 너머에 있는 남가좌동에 100㎡의 ㄱ형 양옥집을 살 수 있는 정도가 되었다. 결국, 우리 일곱 가족은 연희동 집을 팔아 빚을 갚고 4대째 생활해 오던 연희동을 떠나 남가좌동에 방3, 마루, 주방, 화장실을 갖춘 새로운 터전으로 이사하였다.

나는 산에서 지게로 수집해 온 고목이나 작은 나뭇가지로 방을 따뜻하게 하고 밥을 해 먹는 초가집 대신 연탄으로 해결할 수 있는 양옥집으로 이사해서 상당히 만족했다. 그러나 이것도 잠시였다. 겉모양만 좋았지 가정 살림은 한마디로 엉망진창이었다.

어머니는 양옥집에 오자마자 아버지의 병원비와 가족의 생활비를 충당하기 위해 생전 처음으로 행상을 시작하였다. 그러나 어머니는 행상 경험이 전혀 없어서 어머니의 수입으로 치료비와 생활비를 충당하기에는 한계가 있었고 우리 7식구의 식생활은 말이 아니었다.

어머니가 행상을 시작한 이후 약 2년간은 하루 두 끼를 노란 강냉이 죽으로 연명하다시피 하였다. 또한, 어머니는 밭에서 신선한 채소를 사기 위해 새벽에 일찍 나가서 밤늦게 들어왔기 때문에 초등학교 5학년인 나는 어머니 대신 7식구를 위해 밥하고 청소하고 빨래하는 가사 일을 도맡아 해야만 했다.

이때부터 아버지는 치료를 포기하고 집에서 우리를 돌봐 주었다. 어머니가 행상을 끝내고 밤늦게 돌아올 때까지 아버지는 젊었을 때 읽었던 장화홍련전, 봉이 김선달 등의 내용을 기억해 내어 우리에게 구수하게 이야기를 해 주었다. 그러면서 말씀하시기를 "거짓말하지 말고 성실한 사람이 되도록 노력해야 한다." 고 하였다. 그래서 어머니가 행상하고 늦게 돌아오는 시간까지 기다리며 지쳐 있는 우리의 지루함을 덜어 주었다. 내 기억 속에 지금도 그때 일들이 생생히 남아 있다.

08

유혹을 벗어나다. 그리고 할머니의 사랑

나는 다행히 집에서 10분 거리에 있는 명지중학교에 추천 배정받았다. 그래서 학교를 등·하교하는데 어렵지 않았고, 어머니의 가사 일을 도와주는데도 많은 도움이 되었다. 하지만 어려운 집안 환경으로 학업에 열중할 수 없었다. 그래서 동네 친구들과 주로 축구, 야구 등을 하면서 밖에서 많은 시간을 놀면서 보냈다. 따라서 학업성적은 항상 밑바닥이었고, 2학년 때는 낙제도 한 번 했다.

이런 와중에 나는 친구들이 가지고 있는 만년필이 탐이 나 학교 앞에서 좌판을 펼치고 학용품, 만년필 등을 판매하는 노점에서 만년필을 훔쳤다. 조마조마하는 마음에 처음 시도한 도둑질이 성공하여 갖고 싶었던 만년필을 가지게 되어 처음에는 기분이 좋았다. 하지만 좋든 나쁘든 인간의 욕구는 계속 증가하는 것 같다. 도둑질이 처음으로 성공하니 더 좋은 것을 갖고 싶다는 욕망이 생겨 처음 것보다 조금 더 비싼 것을 갖고 싶은 유혹을 뿌리치지 못하고 다시 도둑질을 시도하였다. 그러나 만년필 장수에게 붙잡혀 담임 선생님에게 넘겨졌다. 나는 이 일로 일주일간 반성문을 써서 매일 담임 선생님에게 제출하는 것으로 정학 위기를 넘겼다.

그 이후는 다시는 도둑질을 하지 않았다. 만약 그때 두 번째 도둑질에 성공하였다면 어려운 형편에 계속 도벽이 생기지 않았을까 하는 생각이 든다. 지금 생각하면 그때 잡혀 아버지에게 배운 거짓말하지 않는 정직과 성실의 반성문을 쓴 것이 나를 나쁜 길로 빠지지 않게 도와준 것으로 생각한다.

어려운 환경에 처해 있는 청소년들이 순간적으로 잘못된 실수를 일으키는데 이것이 반복되면 습관이 되어 다시 정상적으로 돌아오는데 많은 시간이 필요하다. 경우에 따라서는 평생 나쁜 길에서 헤어나지 못하고 구치소를 들락거려 인생을 망치게 된다.

그 이후, 내가 중학교 3학년 때에는 담임 선생님을 잘 만나 아침 일찍부터 영어 단어를 암기하고 받아쓰기도 하여 조금씩 영어 성적이 나아졌다. 하지만 기초 실력이 워낙 부족하여 고등학교, 대학교, 직장에서도 지속적인 스트레스를 받아 영어에 대한 노이로제가 생겼을 정도였다.

중학교 졸업식에 아버지는 실명으로, 어머니는 행상으로 참석 못 하고 할머니께서 대신 참석해 주었다. 나는 그때 왜 그렇게 창

피하고 서러운 생각이 들었는지 모르겠다. 할머니는 항상 몸과 머리를 단정히 가꾸고, 언제나 깔끔한 상태를 유지하는 분이고, 특히 내게 각별히 사랑을 많이 주었는데도 말이다.

나는 항상 할머니 방에서 같이 잠을 자고, 시간이 되면 할머니와 대화도 나누고, 같이 화투놀이도 해 드리곤 했다. 간혹, 할머니는 내가 사는 집보다 형편이 나은 삼촌네 집에 가서 용돈을 받아 가지고 오면 사탕과 과자 등을 사서 장롱 속에 넣어 두었다가 주곤 했다. 그리고 잘 사는 아들네 집이나 종로에 사는 동생분 집에 방문할 때는 가끔 나를 데리고 다니면서 집에서 굶주린 배를 채워 주곤 했다. 그렇게 내게 각별히 많은 사랑을 준 할머니는 내가 군대를 제대한 그 다음 해인 1980년 고인이 되었다.

공무원으로서
도약의 날갯짓

　　낙제생이던 중학생이 우등생으로 고등학교를
졸업하고 곧바로 돈을 벌기 시작하였다. 하지만 회사 생활을 하면
서도 좀 더 나은 삶을 위해 희망과 꿈을 꾸며 독서량을 늘리고 전
공과목을 열심히 공부하여 군 입대하기 전에 공무원 공채시험에
합격, 정식 공무원이 되었다. 군대를 제대한 후에도 공직에 다시
복귀하였으나, 6개월 정도를 술과 유흥으로 낭비했다.

　　이런 허송세월을 보내는 가운데 틈틈이 내 주변 환경을 돌아보
니 다행스럽게도 가정 형편은 입대전보다 조금 나아졌다. 어머니
는 아무것도 모르고 현장에 뛰어들었던 때보다 행상 일이 아주 익
숙해져서 수입도 좋아졌고, 큰 형과 작은 형도 함께 돈을 벌어오
고 있어 가정 살림에 보탬이 되었다. 그리고 나 역시 군 제대 후 직
장에 바로 복직하여 각자 자기 몫을 하니 할머니와 아버지, 학생인
남동생 2명, 총 8명이 먹고 사는데 큰 지장이 없었다.

　　만약 내가 돈을 벌어 스스로 앞가림한다면 내가 하고 싶은 일

을 이룰 수 있는 여건이 되었던 것이다. 이런 변화된 주변 환경 속에서 계속 술과 유흥으로 시간을 낭비하는 것은 바람직하지 못하다는 생각이 들었다. 그래서 이왕 시작한 공직생활을 계속하려면 현재의 기능직으로는 승진에 한계가 있으므로, 좀 더 나은 직급으로 전환해야겠다는 생각이 들어 7급 공채시험 공부를 시작하였다.

공채시험을 준비할 때는 전화국 전기실에서 주·야간으로 근무하고 그 다음 날은 쉬는 격일제 근무를 하였다. 전기실 근무는 변압기와 자동전압조정기에서 나오는 기계음과 이런 장비가 정상으로 동작하는지 여부를 점검해야 하는 긴장감 때문에 깊은 잠을 못 자고 선잠을 자야만 했다. 24시간 근무가 끝난 다음 날 몸은 항상 피곤하였고 조금만 책을 봐도 졸음이 쏟아졌다. 이때 졸음을 쫓기 위해 잠이 오면 내 팔을 물어뜯어 자극을 줘서 잠을 깨우며 이를 악물고 독한 마음으로 공부했다.

이 당시에는 지금보다 나은 직급에 있어야만 내가 바라는 승진도 할 수 있고, 내 삶의 목표인 참다운 삶을 영위해 나갈 수 있겠다는 한 가지 생각밖에 없었다. 주자(朱子)께서 말씀하신 "정신일도 하사불성(精神一到何事不成)"이라는 한자 성어를 되새기며 정신을 한곳으로 집중해 노력하였다. 고등학교 졸업생이 전문대 또는 대학교 졸업생들과 경쟁에서 이기기 위해 그들보다 10배 노력을 한다면, 어떤 어려운 문제라도 해결할 수 있고 꿈을 성취할 수 있다는 생각에 7급 공채시험 공부에 매진하였다.

내게 주어진 환경이 아무리 어렵더라도 희망과 꿈을 포기하지 않고 일일신 우일신(日日新 又日新) 하면서 힘든 고난과 난관을 극복해 나간다면 현재 생활보다 나은 행복한 삶을 살 수 있다는 신념과 믿음을 잃지 않았다. 이런 용기를 발휘하게 해준 것은 입대 전에 읽은 많은 양서나.

우리가 태어날 때부터 금수저 또는 은수저를 입에 물고 태어나지 않았거나 하늘이 주는 재물복이나 특별한 재능을 가지고 태어나지 않았다 할지라도 올바른 삶의 방향을 설정해서 노력한다면 노후에 즐겁고 아름다운 생활을 영위해 나갈 수 있다고 생각한다.

그래서 나는 책에서 읽은 성공한 선인들의 얘기를 실천으로 옮기기 위해 노력을 아끼지 않았다. 지금 내가 처한 위치에서 실현 가능한 소박한 꿈과 목표를 설정, 기록해 놓고 하루에 10번 이상을 생각하면서 내게 '할 수 있다'는 최면을 걸었다. 아무리 좋은 말씀일지라도 실천하지 않으면 무용지물이므로, 내 입장에 맞게 보완하면서 실천으로 옮기는 노력을 끊임없이 해 나갔다. 이런 노력 덕분에 지금도 이런 주문 습관이 내 몸에 배어 있어 앞으로도 계속 유지할 것이다. 아마도 내 생명이 다할 때까지 계속하여 참다운 인간이 되고자 하는 것에 대한 주문 습관은 진행형일 것이다.

나와 같은 어려운 여건에 처해 있는 청소년들에게 말하고 싶다. 누구든지 자기 삶의 목표와 살아가야 하는 의미를 매일 생각한다면 어떠한 어려움과 난관도 참고 견뎌 나갈 수 있다. 설령, 자신의 목표가 성공한 인물들 입장에서 볼 때 아주 하찮은 것으로 보일지 모르지만, 다른 사람들의 이목에 주눅들지 말고 자신의 길을 뚜벅뚜벅 걸어가야만 한다.

인생에는 정답이 없고, 완벽한 스승도 없다. 내 여건에 맞게 자기 스스로 설정한 목표는 그 어느 누가 설정한 것보다 훌륭한 것이고 어느 누구의 꿈보다 훨씬 중요한 것이다. 따라서, 우리의 꿈이 다른 사람들의 꿈과 상당한 차이가 있다 하더라도 꿈과 목표를 매일 되새기면서 이끌어 나가야 하는 것이다. 만약 이런 목표와 실천하고자 하는 의지가 없다면, 자신의 삶이 무엇을 원하는지, 어디로 흘러가는지도 모르고 남이 하는 대로 단순히 따라 하게 된다. 그리고 남이 시키는 대로 하는 수동적인 사람이 되고 말 것이다.

나는 이런 모든 길이 책 속에 있다고 생각한다. 삶의 목표와 의의, 경제적 자립방법, 인적관계 유지, 자연과의 조화, 자유와 책임, 결단력, 판단력, 공정성 등에 대해 선인들은 우리보다 먼저 생각하고 실천하여 우리에게 방향을 제시해 주고 있기 때문이다. 우리는 알고자 하는 내용의 책을 골라 자기 주변 환경에 맞게 바꾸어 실천으로 옮겨 나가기만 하면 되는 것이다. 내가 올바른 마음을 먹고 내 정체성을 스스로 찾아가는 길이 참다운 삶의 정답인 것이다.

스티브 시볼드(Steve Siebold)의 『How Rich People Think』에서 많은 성공한 슈퍼 리치들은 대학과 같은 학교 교육(Formal education)이 아니라 독서를 통한 자가 교육(Self education)을 통해 부자가 되었다고 한다. 예를 들면, 세계적인 투자자인 워런 버핏(Warren Buffett)은 하루 일과의 80%를 독서에 할애하고 있고, 세계적인 최대 갑부인 빌 게이츠(Bill Gates)는 매년 50권의 책을 읽는다고 한다. 갑부들의 집을 방문하면 공통적인 특징이 가득 찬 거대한 서재가 있다는 것이다. 이들이 어떻게 슈퍼 리치가 되었는지 짐작할 수 있다고 말한다.

인간으로 태어나 역사에 남는 이름을 남기지 못하는 삶은 일반인의 삶과 크게 다를 바 없다고 나는 생각한다. 우리가 살아 있는 동안 누리는 일시적인 명예, 재물, 학식, 직위 등은 잠시 머물다 가는 뜬 구름과 같다. '나 자신을 믿고 자신의 길을 나아감에 있어 주변 사람들에게 피해를 주지 않고 분수에 맞는 생활을 하는 것'이 어떻게 보면 올바르고 참다운 삶이 아닌가 생각한다.

나는 인도 불교 경전 중 하나인 『잡보장경(雜寶藏經)』 권제삼(卷第三) '용왕게연(龍王揭緣)' 중에서 나오는 지혜의 7계 문구를 매일 머릿속에 되새기면서 시간이 되면 흰 백지에 반복하여 적으며 암기해 오고 있다.

유리하다고 교만하지 말고 불리하다고 비굴하지 마라. 무엇을 들었다고 쉽게 행동하지 말고 그것이 사실인지 깊게 생각하여 이치가 명확할 때 과감히 행동하라. 벙어리처럼 침묵하고 임금님처럼 말하며 눈처럼 냉정하고 불처럼 뜨거워라. 태산 같은 자부심을 갖고 누운 풀처럼 자기를 낮추어라. 역경을 참아 이겨내고 형편이 잘 풀릴 때를 조심하라. 재물을 오물처럼 볼 줄도 알고 터지는 분노를 잘 다스려라. 때로는 마음껏 풍류를 즐기고 사슴처럼 두려워할 줄 알고 호랑이처럼 무섭고 사나워라. 이것이 지혜로운 이의 삶이니라.

나는 독서를 통한 삶의 방향과 지금 이룰 수 있는 목표를 설정하여 꾸준히 노력한 결과, 제대 후 1년만인 1980년에 7급 공채에 합격하여 1981년도에 교육부 국립중앙도서관 분관으로 발령받았다. 이 시기인 1980년에 아버지는 작고하였다. 나는 아버지 영전에서 스스로 다짐했다. 내게 가장 슬픈 이 순간을 잘 이겨내고, 형제간의 우의를 더욱 돈독히 하며, 지금보다 더 나은 생활을 하면서 참되고 행복한 삶을 살아가겠다고 약속했다. 그래서 이런 약속을 지켜나갈 수 있도록 '할 수 있다'라는 주문을 외우면서 생활하였다.

7급 공채에 합격하고 나서도 나는 형편이 나아지면 언젠가는 대학교에 가겠다는 꿈을 잊지 않고 있었기에 대학교 입학을 위해 거쳐야 하는 수능시험에 그해 도전하였다. 결국, 그해 건국대학교 야간 전기공학과에 합격했다. 얼마나 가슴이 벅차오르고 기쁘든지 마음을 헤아릴 수 없을 정도였다. 이 당시에는 내가 계속 노력한다면 무엇이든지 할 수 있다는 자신감으로 가득 차 있었다.

어려운 여건에 처해 있는 독자들에게 다시 한 번 상기시키고 싶다. 우리가 희망과 꿈을 잃지 말고 현실을 조금씩 개선해 나가면 기회는 항상 찾아온다는 것이다. 꿈을 이룰 수 있는 기회가 빨리 올 수도, 늦게 올 수도 있다. 기회는 모든 사람들에게 동등하게 주어지는데 기회가 왔을 때 잡지 못하고 놓치기 때문에 현실에서 보다 나은 길로 도약하지 못하는 것이다.

누구를 탓해야 하는가? 타인을 탓할 것인가? 아니다. 우리의 무지를 탓해야 한다. 이런 기회를 잡기 위해서는 시간이 있는 대로 책을 봐야 기회가 왔을 때 놓치지 않고 잡을 수 있는 지혜를 가질 수 있는 것이다. 책 속에서 기회를 잡을 수 있는 길을 안내해 주기 때문이다.

나는 태어날 때부터 금수저 또는 은수저로 태어나 좋은 학교를 나온 사람들과 선의의 경쟁을 해서 이길 수 있다는 자신감을 가지고 '할 수 있다'는 주문을 매일 했다. 그리고 더욱 더 열심히 일하고 노력하면서 인맥을 쌓아왔다. 그러면서 시간이 나는 대로 많은 책과 씨름하였다. 더불어 더 높은 곳을 향하여 직장생활과 대학공부를 병행하면서도 기술고시에 여러 번 도전하였으나 실패를 거듭했다. 실패를 거듭하면서도 승진에 대한 희망을 포기하지 않았다.

사마천(司馬遷)이 공자(孔子)의 학덕을 흠모하면서 "높은 산을 우러르고 큰 길을 따라가네(高山仰止 景行行止). 비록 그 경지에 도달할 수 없더라도 마음만은 그것을 향하리(難不能至 然心鄕往之)."라고 했던 말씀이 기억난다. 우리의 꿈과 희망을 유명한 위인들만큼 크게 갖고 그 길을 따라가다 보면 유명한 위인들과 같은 큰 꿈과 희망은 얻지 못할지라도 자신의 수준에 맞게 설정한 목표는 노력한 만큼 성과를 얻을 수 있다고 확신한다.

주경야독(晝耕夜讀)

나는 7급 공개채용에 합격하여 첫 발령 받은 국립중앙도서관에서 주간에는 일하고 야간에는 대학생활을 하였다. 하지만 견디기 어려운 이중생활을 즐겁고 기쁜 마음으로 보냈다. 간혹, 몸이 피로하고 힘들 때는 한국폴리텍대학(기능전문대학)에 합격하였으나 가정 형편상 입학을 포기해야만 했던 시절을 회상하면서 이겨냈다. 따라서 주경야독하면서 겪은 고통은 내게는 고통이라기보다는 즐거움 그 자체였다. 젊은 시절에 언젠가는 대학을 가겠다는 꿈을 꾸면서 생활하던 희망이 현실로 다가왔으니 얼마나 기쁜가? 이런 마음으로 학업에 열중하다 보니 직장과 학업이라는 이중생활의 어려운 환경임에도 불구하고 1학년 2학기와 2학년 1학기에는 장학생이 되었다. 그러다 보니 자신감이 생기고 자부심까지 생겼다.

내가 다니던 건국대학교는 민족 지도자이면서 의사인 상허 유석창 박사가 설립한 민족의식이 뚜렷한 학교다. 또한, 늘 나라와 헐벗은 민중을 걱정하며 사회 발전에 이바지하는 전통 있는 학교다. 나역시 태어날 때부터 선조들의 선량하고 자존심이 강한 성품을 이

어받은 후손이기도 하고, 국가와 국민에게 헌신하는 공직자의 신분인 내 코드와도 잘 맞는 학교이기 때문에 더욱 학업에 매진할 수 있었다고 생각한다.

내가 대학생일 때에는 학생들의 민주화 운동이 숨 막힐 정도로 계속되었다. 특히, 1983년 학원 자율화 조치 이후 각 대학은 정치의 민주화를 요구하는 변혁운동의 거점이 되었다. 건국대학교 설립 30주년인 1986년 10월 28일 건대 항쟁은 학생운동 중에 가장 많은 1,525명이 연행되고 1,288명이 구속되는 사건으로 기록되었다. 이 건대 항쟁 과정에서 많은 학생이 부상과 화상을 입어 각 대학교의 학생들을 자극하게 되어 학생운동이 확대되었다. 이를 계기로 군부독재에 저항하며 전국적으로 일어난 일련의 민주화 운동인 1987년 6월 시민항쟁이 일어나기도 했다.

이런 혼란스러운 시국 속에서도 나는 주간에는 일하고 야간에는 공부에 전념하였다. 대학생 초기에는 영자 신문을 독해하는 스터디 그룹을 만들어 동아리 활동을 하였다. 이들 멤버들은 한국전력, 중견 기업체, 시청, 전화국, 중학교 교사 등으로 대부분 직장 생활하는 친구들이 많았고, 간혹 1~2명은 고등학교를 막 졸업한 친구도 섞여 있었다. 우리 멤버는 학업과 더불어 여학생들과 미팅도 하고, 학교 내에 있는 일감호 주변을 산책하면서 데이트도 즐겼다. 이때 호수를 산책하면서 즐겨 나눈 이야기는 주로 사랑과 결혼, 직업관, 인생관 등에 대한 철학적인 얘기였던 것 같다. 또한, 학교 주변에 있는 당구장에서 당구도 치고, 막걸리 집에 가서 정답도 없는 인생관에 대하여 멤버들과 토론하면서 밤을 지새우기도 하였다.

그러나 이런 것들을 지금 회상해 보니 얼마나 고상하고 즐거운 한 때였는지 모른다. 시간을 되돌릴 수 있다면 지난 시절보다 더 진지하고 재미있는 시간을 보낼 수 있었을 텐데 하는 생각이 든다. 그렇지 않은가? 한창인 20세 후반 나이에 하고 싶은 공부를 어려운 환경 속에서 하고 있으니 가슴이 벅차오르지 않겠는가? 우리가 태어나서 청소년기를 거치면서 자아의 정체성을 발견하고 자기가 나가야 할 방향을 흔들림 없이 잘 이끌어가고 있다면 얼마나 기쁘지 않겠는가? 그 당시 나는 헤아릴 수 없을 정도로 기쁘고 행복한 시절이었던 것 같다.

우리 앞에 아무리 견디기 힘든 환경일지라도 희망과 꿈을 잃지 않고 자신을 발전시켜 나간다면 기회는 항상 찾아온다고 나는 생각한다. 우리가 어떤 어렵고 힘든 일도 정성을 다해 노력하면 이루지 못할 것이 없다. 내가 대학에 들어가겠다는 꿈은 고등학교 졸업한 후 5년 만에 이루어진 것이다. 이런 것으로 볼 때 우리가 하고 싶은 것은 빨리 올 수도, 늦게 올 수도 있지만 언젠가는 우리에게 꼭 찾아온다는 확신이 있다.

우리는 이런 기회를 놓치지 않도록 책이나 인터넷을 통해, 지인이나 친구를 통해, 또는 여러 다른 경로를 통해 기회를 잡는 방법을 배워야 한다. 현실보다 나은 길로 도약하기 위해서는 이런 기회를 놓치지 않도록 부단히 노력해야 한다.

특히, 흙수저 또는 은수저로 태어나 주변의 도움받기에 한계가 있는 사람에게는 더욱더 필요한 마음 자세인 것이다. 즉, 현실을 뛰어 넘어 꿈 너머 꿈을 이루고야 말겠다는 정신 자세가 절실히 필요한 것이다. 누구를 탓해서는 절대 안 되고 자신 주변에 널려 있는 지식 창고를 잘 활용하지 못한 자신을 질책해야 하는 것이다.

한편, 나는 공직을 2012년 11월에 퇴직하고 나서 대장암과 투병하는 가운데에서도 2013년 9월에 한국방송통신대학 영어영문학과 2학년에 편입하여 대장암 5년 완치 판결을 받음과 동시에 영광스러운 졸업을 했다. 대장암 3기는 생존율이 50% 밖에 되지 않는 아주 위험한 질병이다. 그런데도 이 질병에 대한 선입관과 죽음에 대한 공포감을 내 머릿속에서 잊어버리기 위해 영어공부를 시작했다. 영어는 평상시에 조금 더 잘했으면 하고 안타까워했던 과목이다. 특히, 해외 출장과 공무 수행하면서 항상 듣기와 일상 회화에 자신감이 없어 많은 고민을 했다. 영어 원문으로 구성된 영문 시, 영문 소설, 영어 역사, 영어 관련 국가들에 대하여 공부하면서 암에 대한 불안감과 공포감을 잊어버리려고 각고의 노력을 했다.

결과는 아주 좋았다. 영어영문학과도 2학년 2학기와 3학년 1학기에 우등생으로 장학금을 받아 공부했으니 대만족이었다. 또한, 적기에 탁월한 선택을 하여 죽음에 대한 불안감과 공포감도 해소하고 그동안 하고 싶었던 공부도 할 수 있어 정말 행복했다. 나 자신에게 칭찬하고 싶은 것은 어려운 환경 속에서도 포기하지 않고 꾸준히 노력해 왔고, 지금도 현재진행형이라는 것이다. 또 하나는 나이를 잊어버리고 이공계와 인문계 두 정규학과의 학사 학위를 좋은 성적으로 온전히 습득했다는 것을 누구에게도 자랑하고 싶다는 것이다.

우리 모두 꿈과 희망을 가지고 스웨덴 출신의 두 쌍의 부부그룹이었던 아바(Abba)가 부른 'I have a dream(나는 꿈이 있어요)'이라는 노래 가사를 음미해 보았으면 한다.

I have a dream.

I have a dream, a song to sing.

To help me cope with anything.

If you see the wonder of a fairy tale.

You can take the future even if you fail.

I believe in angels.

Something good in everything I see.

I believe in angels.

When I know the time is right for me.

I'll cross the stream. - I have a dream.

I have a dream, a fantasy.

To help me through reality.

And my destination makes it worth the while.

Pushing through the darkness still another mile.

I believe in angels.

Something good in everything I see.

I believe in angels.

When I know the time is right for me.

I'll cross the stream - I have a dream.

나는 꿈이 있어요.

나는 노래할 수 있는 꿈이 있어요.

어느 것이라도 대항할 수 있도록 나를 도와주는 것이지요.

만약, 당신이 동화 속에서만 나오는 기적을 보게 된다면,

당신이 실패하더라도 미래를 잡을 수 있어요.

나는 천사를 믿어요. 내가 보는 모든 것 중에서 선한 것
이죠.

나는 천사를 믿어요.

내게 적절한 시간이란 걸 알게 되면 나는 강을 건널 거예요.

나는 꿈이 있어요.

나는 환상적인 꿈이 있어요.

현실을 헤쳐 나갈 수 있게 도움이 되는 그런 환상이죠.

그리고 내 목표는 매우 크고 어둠을 뚫고 나아갈 수 있을

정도예요. 나는 천사를 믿어요.

내가 보는 모든 것 중에서 선한 것이죠. 나는 천사를 믿

어요. 내게 적절한 시간이란 걸 알게 되면 나는 강을 건

널 거예요,

나는 꿈이 있어요.

나는 부모로부터 보호를 받는 단계에서 가난한 나라와 어려운
가정환경 속에서 태어나 힘들고 어려운 성장 과정을 겪었다. 유년
시절에는 헐벗음과 굶주림으로 보냈고 말라리아를 극적으로 극복
하여 기사회생(起死回生) 했다. 청소년기에는 아버지의 급작스러운 실
명으로 행상을 시작한 어머니의 가사 일을 5년간 도맡아 가정을
돌봄으로써 학업은 뒷전으로 밀려 낙제생이 된 적도 있었으나, 고
등학생 때부터는 학업에 열중하여 우등생이 되었다. 또한, 직장과
대학 생활을 하면서도 참다운 삶에 대한 방향 설정과 자아 정체성
을 확립해 나갔다. 이를 바탕으로 주경야독(晝耕夜讀)하여 공무원 시
험(9급과 7급)에 두 번 합격하고 늦게 시작한 야간 대학교를 우수한
성적으로 졸업하는 꿈과 희망을 이뤘다.

청년 시절에
참다운 삶을 찾기 위한 질문

❖ 우리의 일상생활 속에서 나는 누구이며, 어디에서 왔고, 어디로 가고 있는지를 자신에게 자주 물어보고 스스로 참다운 삶을 찾으려 노력했는가?

❖ 삶의 목표를 세우고 현재보다 나은 삶을 위해 어떻게 하는 것이 올바른 길인지 하루에 10번 이상 생각해 본 적이 있는가?

❖ 자신의 삶을 남과 비교하지 않고 자신이 놓여 있는 현재의 위치를 정확히 파악하였는가?

❖ 삶 속에서 겪는 고난과 역경을 스스로 이겨 나갈 수밖에 없는 운명이라면 극한 상황일지라도 포기하는 것보다 현실을 빠르게 인식하고 불굴의 의지로 끈기와 인내를 가지고 일일신 우일신(日日新 又日新) 하며 살아왔는가?

❖ 성공한 선인들의 격언들은 자신의 삶을 인도하는 아름답고 가치 있는 것으로 받아들이고, 좋은 말씀 100가지 중 1가지라도 실천으로 옮겨 내 주변 환경에 맞게 내 것으로 만들었는가?

❖ 어렵고 힘든 일이 닥쳤을 때 낙천적이고 긍정적인 정신 자세로 일을 처리하고 있는가?

❖ 허황되고 이상적인 것보다 실현 가능한 희망과 꿈을 한 단계씩 높여 가면서 현재보다 더 나은 정신적·물질적·정서적인 삶을 추구했는가?

❖ 꿈과 희망을 갖고 노력한다면, 일생 동안 최소한 3~4회 정도는 과거와는 다른 모습으로 성장해 있을 내 모습을 매일 상상해 본 적이 있는가?

❖ 1차 목표가 달성되었다고 현실에 안주하지 않고 꿈 너머 꿈을 꾸며 제2, 제3 외 꿈과 희망에 대한 목표치를 재수정하여 발전시켜 나가고 있는가?

❖ 자신의 목표가 성공한 인물들 입장에서 볼 때 아주 하찮은 것이라 생각하여도 부끄러워하지 않고, 다른 사람들의 이목에 주눅이 들지 않으면서 자신의 길을 뚜벅뚜벅 걸어왔는가?

❖ 삶의 목표와 실천하고자 하는 의지가 없다면, 자신의 삶이 무엇을 원하는지, 어디로 흘러가는지도 모르고, 남이 하는 대로 단순히 따라 하게 되고, 남이 시키는 대로 하게 되는 수동적인 사람이 된다는 것을 알고 있는가?

❖ 내가 살아가야 할 이유와 목표를 빨리 설정하여 실천으로 옮기느냐, 옮기지 않느냐에 따라 노후생활에 많은 영향이 끼친다고 생각하고 있는가?

❖ 내 꿈과 희망이 유명한 위인들과 같은 큰 꿈과 희망에 못 미칠지라도 내 수준에 맞게 설정한 목표는 노력한 만큼 성과를 반드시 얻을 수 있다는 확실한 신념과 자신감을 갖고 있는가?

❖ 계절 변화로 인한 자연의 순환에 감사하고, 자연의 혜택을 잘 활용하며 이에 만족할 줄 아는가?

❖ 삶과 죽음을 동시에 생각하면서 매일 주변 환경에 맞춰 카멜레온과 같이 자신을 변화시키고 있는가?

❖ 내가 약 2억5천 대 1의 선택을 받고 태어난 귀중한 존재이기 때문에 아름답고 행복하게 살아가야 할 책임과 의무가 있다고 생각하는가?

❖ 지하자원이 풍부하고 토지가 넓은 국가나 유명하고 부유한 집안에서 태어나지 않았다고 할지라도 우리를 낳아 주시고 길러주신 부모님에게 감사하다는 생각을 가지고 있는가?

❖ 작은 실천이지만 부모님이 내게 베풀어 주신 사랑과 배려에 십 분의 일 아니 백 분의 일이라도 보상을 해야겠다고 생각하고 이를 실천으로 옮기고 있는가?

❖ 내 존재는 독립된 하나의 객체로서 성공하든 실패하든 간에 모든 것을 부모 탓 또는 주변 탓으로 돌리지 않고 내 탓으로 돌리면서 꿋꿋하게 살아가고 있는가?

❖ 블루 오션(Blue Ocean) 전략으로 치열한 취업경쟁 속에서도 경쟁을 피하면서 자신의 가치 혁신을 추구할 수 있는 새로운 일자리를 창조해 나가야겠다고 생각해 본 적이 있는가?

❖ 어려움이 닥쳤을 때, 주변에 도움을 줄 수 있는 사람이 없다고 포기한 적이 있는지 가끔 확인해 보는가?

❖ 어려운 난관을 해결해 줄 수 있는 책들을 우리 주변에 무료로 자유롭게 볼 수 있는 장소가 곳곳에 있다는 것을 알고 그곳을 잘 활용하고 있는가?

❖ 주변 사람들이 나를 인정해 주지 않는다고 해서 그들을 미워하거나 낙담하지 않고 홀연히 자신의 길을 뚜벅뚜벅 걸어가고 있는가?

❖ 돈이라는 것이 너무 넘치면 게으르고 나태해지고 너무 모자라면 자신이 하고 싶은 일을 성취하기 어렵다는 것을 알고 있는가? 그래서 내 수준에 맞는 필요한 자금을 항상 유지할 수 있는 적당한 직업을 가지려고 최선의 노력을 하고 있는가?

❖ 나 자신을 믿고 자신의 길을 니이감에 있어 주변 사람들에게 피해를 주지 않고 분수에 맞는 생활을 하고 있는가?

❖ 우리가 희망과 꿈을 잃지 말고 현실을 조금씩 개선해 나가면 기회는 항상 찾아온다고 신념을 가지고 생활하고 있는가?

❖ 기회를 잡을 수 있는 길을 놓치지 않도록 책이나 인터넷을 통해, 지인이나 친구를 통해, 또는 여러 다른 경로를 통해 기회를 잡는 방법을 배우고 있는가?

❖ 학교 또는 배경이 좋은 사람들과 선의의 경쟁을 해서 이길 수 있다는 자신감을 가지고 있는가? 그리고 그들보다 더 열심히 일하고 노력하면서 좋은 인맥을 쌓아가고 있는가?

기능직에서
부이사관까지 도약하다

신혼 생활

　　나는 직장과 대학생활을 병행하면서도 평생 가정을 함께 이끌고 갈 여인을 찾고 있었다. 사춘기 초기에는 어려운 역경에 구속되지 않고 자유롭게 생활할 수 있다는 장점 때문에 독신주의와 계약결혼을 선호하였다. 그러나 군에 입대하여 힘든 산악구보 중 휴식시간 동안 중대장과 자연스럽게 결혼관에 대하여 이야기하다가 내 결혼관을 재고하게 되었다. 우리가 결혼하든 안하든 우리 인생은 험난할 수밖에 없고 완벽한 삶을 영위하기란 쉽지 않다는 것에 서로 동의하였다.

　　모든 사람들은 본능적으로 수면욕, 식욕, 성욕 등 생리적인 욕구 3가지가 있다. 그러나 창조주가 태초에 남녀를 만들어 남자만 할 수 있는 일과 여자만 할 수 있는 일을 구분해 주었는데, 이 중에 종족 번식에 대한 성적 욕구는 남녀 자신의 의지에 따라 결정되는 것이다. 따라서 가능하다면 '남녀가 결혼해서 부부로서 정상적인 가정을 갖춰 자식을 낳아 키워 보는 것이 결혼하지 않는 것보다 바람직한 삶이 아니겠는가?' 라는 생각이 제대한 후에도 계속 들었다. 그 결과, 나는 내 주변 환경과 여건을 변화시켜 나갈 수 있는 자신감이 있다면 정상적인 결혼을 통해 가정을 갖는 것이 조금 더 올바른 삶일 것이라 생각하게 되었다. 즉, 인간으로 태어나 정상적인 가정을 이루고 자식을 양육해 보는 것이 창조주가 준 자연의 선물이라고 판단했다.

그래서 나는 직장생활과 대학생활, 고시 준비를 겸하면서도 주변 사람들로부터 여자를 소개받았다. 그러던 중 지금의 아내를 1981년도에 친구의 소개로 만나게 되었다. 그러나 직장과 대학생활, 그리고 고시 준비를 겸하는 관계로 시간이 부족하여 명동과 충무로 거리를 산책한 후, 저녁을 먹고 그 날 바로 헤어졌다. 그 후, 교육부에서 통상산업부 공업진흥청으로 전출해 오면서 몇 번 시도한 고시에도 계속 낙방했다. 그래서 고시보다 결혼이 우선이라 생각하여 결혼 상대자를 찾던 차에 종전에 교통부에서 공직생활을 하였던 지금의 장인어른께서 딸(지금의 아내)이 나를 다시 한 번 보고 싶다고 하여 내가 근무하고 있는 곳의 시험부장(국장급)이 다시 다리를 놓아 지금의 아내를 다시 만날 수 있었다. 약 3년 만에 다시 재회한다는 것은 하늘이 내려준 인연이라 생각하고, 1984년 11월에 여의도에 있는 결혼식장에서 결혼 선서를 했다.

내 나이 29살에 결혼해서 과천에서 전세로 첫 신혼집을 꾸리고 신혼 생활을 시작하였다. 1985년 8월, 결혼한 지 1년 만에 아내는 허니문 베이비를 가져 아름다운 딸을 낳았다. 딸을 얻은 기쁨과 함께 나는 진정한 가장으로서 가정을 지켜나가야 할 의무가 주어져 무엇보다 무거운 중압감이 생겼다. 딸을 낳은 해에 나는 대학교를 졸업하여 가정과 직장 업무에 매진할 수 있어 그나마 다행이었다. 그러나 마음은 공무원으로 직장생활을 계속하기 위해서는 기술고시에 합격해야만 한다는 강박관념이 떠나지 않아 결혼한 뒤에도 2번 기술고시에 도전하였으나 실패하였다.

실패를 거듭한 후, 직장 생활을 하면서 고시공부를 계속한다는 것은 가정이나 직장 모두에 충실할 수 없다는 생각이 들었다. 또한, 영어의 기본기가 충실하지 않은 상태에서는 고시에 합격하는 것도 불가능하다는 판단에 고시공부를 포기하였다.

우리는 결혼한 지 3개월 만에 과천에서 생활비가 적게 드는 안양으로 이사하였다. 과천에서 안양 동안구 비산동으로 이사한 지 1년 만에 주택융자를 얻어 그곳에 있는 43㎡ 아파트를 처음으로 마련하였다. 우리가 알뜰히 생활하면서 전세 신세를 마감하고 마련한 조그마한 우리 집. 얼마나 뿌듯하던지. 가정을 꾸린 가장으로서 가장 행복한 시간이었던 것 같다.

그러나 그것도 잠시였다. 아내의 부모는 선조로부터 물려받은 재산이 조금 있었다. 그래서 아내는 유복한 공무원 가정에서 장녀로 성장하여 금전적으로 부족함을 모르게 생활하는 습관이 몸에 배어 있었다. 그래서 내 공무원 봉급으로 생활비와 육아 보육비, 주택융자 상환금을 충당하기에는 많이 부족했던 것 같다. 특히, 딸이 성장하면서 소요되는 유치원비, 학원비 등에 대한 갈등으로 나와 의견 충돌이 잦았다. 나는 공무원 봉급 수준과 주변 형편에 맞게 교육시킬 것을 요구하였으나, 아내는 딸의 조기 교육이 필요하다는 의견을 제시하면서 필요한 경비를 계속 요구하였다.

그때 나는 공무원을 그만두고 봉급을 많이 주는 대기업으로 전직하든가 개인 사업을 하는 것이 낫겠다고 생각하였다. 그러나 실행으로 옮기지는 못했다. 왜냐하면, 나는 지금 상태에서 조금 더 절약하면서 생활하면 풍족한 생활은 안 될지언정 평범한 가정생활은 가능하고, 노후에는 공무원 연금도 나오니 지금의 어려움을 잘 견뎌 보자고 아내를 설득하여 공직생활을 계속 유지하기로 했다.

갑자기 받아 든
경고장

　　30대 초반에는 혈기가 왕성해 가정에서는 한 가족을 이끄는 가장으로, 직장에서는 어렵고 힘든 일을 가리지 않고 하며 불의에 굴하지 않는 패기와 정의감에 젖은 평범한 직장인으로 살았다. 그러나 대부분의 30대 초반의 부모들은 직장 조직 내에서 어엿한 가장으로서의 위풍당당함을 잃어버리게 되고 자신이 왜소해져 버리는 것이 현실이다.

　　자녀들은 가정에서 가족을 이끌어 가는 가장이 이 세상에서 가장 높은 권위가 있는 것처럼 본다. 하지만 계급사회인 조직사회에서는 하찮은 존재에 불과하여 온갖 굴욕을 견뎌내야 한다는 것을 잘 모른다. 직원으로 출발하는 대부분의 부모들은 조직 내에서 부여된 고유 업무 이외의 잡일들, 집에서는 잘 하지 않는 쓰레기를 모아 버리기, 잡다한 서류를 복사하거나 묶는 일, 편지 붙이는 일, 상사가 시키는 허드렛일 등을 마지못해 함으로써 받아야 하는 스트레스를 이겨내야 한다. 그리고 집에서는 자녀들 앞에서 유쾌하고 명랑한 모습을 보여야 하는 이중생활을 해야 하는 것이다. 특히, 못된 상사라도 만나게 되면 인간적으로 이겨내기 힘든 모욕적인 언사와 서류를 집어 던지는 상식 밖의 행동을 보고도 참고 견뎌내야 하는 경우가 있다. 그래서 인간성이 잘못된 상사와 같이 근무하는 동안에는 많은 스트레스를 받는다. 그러므로 퇴근 후에는 이런 스트레스를 풀기 위해 직장 동료들, 친구들과 술과 담배에 흠뻑 젖어 몸과 마음이 동시에 지쳐 가는 것이다.

돈이 많아 젊은 나이에 사장이 되거나 학벌이 좋아 30대부터 높은 직위로 출발한 사람들은 조직 내에서 허드렛일만 해야 하는 직원들의 고통을 얼마나 알까? 실질적으로 이런 일을 경험해 보지 못한 높은 직위의 사람들은 이런 평직원들이 받는 스트레스와 고통을 잘 모른다.

이외에도 상사들, 친인척, 학교 동문회, 각종 동호회 멤버들과의 교류를 가장 많이 활발하게 하던 시기였기 때문에 항상 바쁜 생활의 연속이었다. 대부분의 만남은 일주일에 두 번 이상의 술자리로 이어졌다. 특히, 직장 동료 중 젊은 친구들과 만들어지는 술자리는 직장, 인생, 미래 문제 등에 대해 허심탄회하게 얘기를 나누고 스트레스를 풀면서, 술, 노래, 춤으로 많은 시간을 보냈다. 어떤 경우에는 1차로 소주, 막걸리, 2차로는 맥주, 3차는 양주로 이어져 무아지경에 빠져 정신줄을 놓아 노숙도 하고, 경찰서에서 밤을 지새운 적도 있었다.

이런 술자리를 자제하지 못하는 내 선천적인 성격도 한몫했다. 나는 선조 때부터 내려온 핏줄을 이어받아 젊은 혈기로 불의에 견디지 못하고 정의에 불타는 깔딱 선비 정신이 몸에 배어 있어 술자리 거절을 잘 못 했다. 이런 시간이 10여 년간 계속되다 보니 아내와 다툼도 생겨 몇일간 서로 냉전 상태에 빠진 경우도 있었다. 그리고는 앞으로 술을 먹지 않겠다는 각서도 쓴 적이 있다.

아버지는 술을 매우 좋아하여 어머니와 가끔 다투는 것을 보며 자라왔기 때문에 나는 성년이 되면 술을 먹지 않겠다는 생각을 청년 시절부터 가지고 있었다. 그러나 사회 현실 속에서는 실천하지 못했다. 젊은 시절에는 군대 조직문화가 공무원 조직에도 깊숙이 자리를 차지하고 있었던 때였다. 만약 직장 내에서 술을 마시지 않고 생활한다면 인간관계 형성이 원활하지 못해 조직 내에서 겉으로만 빙빙 돌아 따돌림을 당할 것이라고 생각했다.

내 마음 속에는 지금보다 더 나은 직위로 나가고자 하는 희망과 기대가 항상 자리잡고 있었다. 기술고시를 포기하는 대신 자체 승진을 꿈꾸고 있었다. 그래서 나는 근무성적을 잘 받을 수 있는 자리로 옮기거나 승진을 위해서는 조직문화에 적응하면서 직원들과 융화하는 것이 무엇보다도 중요하다고 생각했다. 나는 술이 좋아 술자리를 일부러 만들지는 않았다. 그렇지만 상사 또는 다른 동료가 술자리를 만들거나 젊은 친구들이 술 먹자고 할 때는 의리

상 또는 전략상 거절하지 않고 참석하는 경우가 많았다. 태어날 때부터 신체적으로 내장 계통이 약한 나는 육체적으로는 견디기 어려운 술자리도 정신력으로 이겨 나가는 경우가 많았다. 그리고 성년이 되면 술을 먹지 않겠다던 약속도 지키지 못하였다. 술이라는 것이 그렇듯이 한 잔이 두 잔, 두 잔이 석 잔이 되어 집에 돌아올 때쯤은 항상 만취해 있었던 것 같다.

아마도 이때는 어린 시절의 물질적, 정신적으로 부족한 생활이 내 뇌리에 항상 남아 있어 열등감으로 가득 차 있었던 것 같다. 나는 성장하면서 이런 열등감을 극복하고 어떻게 하는 것이 참되고 행복한 삶인지를 술에 취해 있는 동안에도 매일 나 자신에게 물어보았다. 그리고 나는 가장으로서 우리 가족이 나의 어린 시절보다 풍족하고 행복한 생활을 할 수 있도록 이끌어 가야겠다는 중압감이 한시도 떠나지 않았다. 어떻게 살아가는 것이 물질적, 정신적으로 풍족한 생활인지를 항상 고민하고 있었다.

이 당시 아내는 가사에 조금이라도 도움이 되도록 유치원생 피아노 레슨, 전자부품 납땜질하기, 플라스틱 제품 조립하기, 구슬 꿰기 등 가정에서 할 수 있는 부업을 시작하였다. 덕분에 주택 융자금도 빨리 갚고 비산동 아파트를 전세 놓고 안양 변두리 박달동에 새로 지은 83㎡ 아파트를 분양받아 새집으로 이사갈 수 있었다. 그러나 나는 이런 저런 생각으로 물질적, 정신적으로 많은 피로와 스트레스가 쌓여갔다.

결국 40세가 되는 해에 신체에 이상 징후가 나타나기 시작했고, 내게 첫 번째 경고장이 날아왔다. 직장에서 2년마다 실시하는 정기 건강검진에서 고혈압, 지방간, 심근경색 허혈증이라는 신체적 결함이 나타난 것이다. 그동안 쌓인 피로와 스트레스가 원인이라고 판단하여 나는 술과 담배를 동시에 끊고 건강 회복을 위해 새로운 출발을 시작하기로 마음먹었다.

우선 이른 새벽에 초등학생인 딸과 함께 검도장에 등록하여 운동하기로 했다. 외동딸이 어렵고 험난한 세상을 혼자서 이끌어 가기 위해서는 육체적, 정신적으로 무장하는 것이 무엇보다도 필요하다고 생각이 들었기 때문이다. 그래서 건강회복을 위해 아침 운동할 때 나와 함께 운동할 것을 딸에게 권유하여 집 근처에 있는 해동 검도장에서 1년간 정신통일과 검술을 배웠다. 그러나 딸은 이른 아침에 일찍 일어나 운동하는 것에 싫증을 느꼈는지 1년 만에 그만둬서 나 혼자 매일 새벽 5시에 일어나 뒷동산을 올라갔다.

아침 운동을 계속한 결과, 1차 경고장을 받은 지 2년 만에 지방간과 심근경색 허혈증이 없어지고, 고혈압만 관리해도 될 정도로 건강이 빨리 회복되었다. 이때 내가 느낀 것은 젊음만 믿고 너무 무리하게 일과 외부 활동을 심하게 하면 경고장을 받게 된다는 것이었다. 지금도 그 당시 아침에 일찍 일어나 새벽 운동한 것이 가

끔 생각이 난다. 특히, 딸과 같이 함께 운동한 시간은 나와 딸에게
정신적, 육체적으로 건강하게 만들어 줘서 상당한 보람을 느낀다.

에너지 절약 실천은
자전거 출근으로

1997년에 우리나라는 외환보유액이 부족하고 경제가 어려워지면서 국제통화기금(IMF, International Monetary Fund)의 도움을 받았다. 그다음 해에 전국적으로 집값이 곤두박질쳐 바닥을 보일 때 우리는 박달동과 비산동에 있는 집을 정리하고 평촌에 있는 109㎡ 아파트로 이사하였다.

1999년도에는 기술표준원이 중소기업청에서 산업자원부 소속으로 바뀌면서 산업에너지정책과 관련된 표준화 정책, 연구·시험분석 및 인증평가 업무 중 상당 부분의 연구·시험분석 업무가 축소되고 국제표준화 정책개발 업무로 전환되어 갔다. 이런 변화 속에 기관의 미션이 몇 차례 바뀌고, 기관장 및 국·과장급 인사 교류도 산업자원부 본부와 잦아지던 때이다. 나는 전기·전자분야 표준화 업무의 국제화와 에너지 절약을 위한 전기기기 제품의 에너지효율 등급 제도를 운용하는 실무자였다.

평상시에 에너지 업무를 다루는 내가 유가가 50불에 도달하면

자가용 대신 자전거로 출·퇴근하겠다고 동료들에게 농담으로 한 얘기가 2005년도에 현실로 다가오자마자, 나는 바로 마트에 가서 자전거와 헬멧, 장갑, 옷, 신발을 구입하여 에너지 절약을 실천하는 자출족(자전거로 출·퇴근하는 사람)이 되었다.

안양에서 과천으로 자전거로 출·퇴근하는 길목인 안양 학의천 주변에는 철 따라 피는 다양한 꽃과 변화하는 나뭇잎의 모습, 이른 아침에 학의천 냇가에서 피어나는 물안개, 과천청사 입구에서부터 기술표준원 입구까지 펼쳐지는 가을 단풍잎, 안양에서 과천으로 넘어가는 고개의 아름다운 전원 마을 전경 등은 지금도 눈에 선명하게 남아 있다. 한 달에 한 번 정도는 금요일 퇴근할 때와 주말에 안양천, 양재천, 탄천, 한강, 학의천으로 이어지는 장거리 라이딩을 계속하였다. 그래서 다리 근육은 점점 단단해지고, 건강에도 자신감이 생겨났다.

이렇게 시작한 자전거 출·퇴근이 3년째 되는 해인 2008년에는 중앙대 최고경영과정에서 만난 동료들과 팔당에서 강원도 간성까지 진부령을 넘어 약 210km를 무박으로 하루 만에 주파했다. 2010년에는 천안에서 전남 해남 땅끝까지 350km를 1박 2일 라이딩했다. 그리고 서울-춘천 간 고속도로 개통 기념 자전거대회, 화천 비무장지대(DMZ) 랠리 자전거대회에 참가하기도 했다.

자전거 출·퇴근은 내가 2012년 11월 공무원을 마감할 때까지 계속하면서 에너지 절약 정책을 실천했다. 공직 생활을 마감하고 대장암과 사투를 벌일 때도 건강 회복을 위해 꾸준히 자전거를 타면서 인천 아라 뱃길인 아라 서해갑문부터 낙동강 하굿둑까지 이어진 국토종주 633km와 4대강 종주(한강, 금강, 영산강, 낙동강)를 완주하여 국토교통부와 행정자치부가 주관한 'K-water 통합인증센터'로부터 2015년 9월에 두 개의 인증서와 인증 메달을 받았다. 지금도 시간이 허락하는 한 탄천과 한강을 잇는 강변길을 따라 라이딩을 계속하면서 건강관리에 힘쓰고 있다.

▶ 4대강 종주와 국토 종주 인증서

▶ 영산강과 낙동강 하굿둑, 섬진강댐 인증센터

아름다운 황혼을 위한
사전 준비

내 나이 40세(1996년)가 되면서 첫 번째 건강 경고장을 받고 나서는 언젠가 공직을 마감해야 하는 시기가 올 것이라는 생각이 들었다. 그래서 공직을 마감하고 나서 내 가족과 건강을 어떻게 지켜 나가는 것이 좋은지를 생각하면서 지금부터 노후 준비를 해야겠다고 생각했다. 따라서 틈나는 대로 노후 대책을 위한 서적에 관심을 갖고 관련 정보를 인터넷과 책을 통해 입수하기 시작했다.

그중『마흔 살부터 준비해야 할 노후 대책(건강, 노후자금, 자녀와의 관계, 배우자와의 관계, 사회 참여, 취미 생활, 죽음 준비) 7가지』(김동선 지음)라는 책을 읽게 되었다. 이 7가지 내용 중 당시 나에게 가장 절실하게 필요하다고 느꼈던 것을 정리해 보니 최소한 건강, 노후자금, 가족관계, 외부 인적관리, 취미 생활, 삶의 마무리에 대한 마음 자세가 필요하다는 것을 알았다. 그래서 내가 세운 참다운 삶의 목표에 대한 세부실천계획으로 부모(처부모), 형제 등 친인척 관리, 건강관리(헬스, 등산, 자전거), 직업 및 자기계발(지식, 교양), 취미 생활(드럼, 낚시, 바둑),

외부 인적 네트워크망 구성 6가지로 구분하여 실행하기로 마음먹었다. 이 세부실천계획을 차질없이 실행하기 위해 매일 일정표도 작성하여 일주일 일정을 A4 용지 한 장에 기록하여 실천 내용을 한눈에 볼 수 있게끔 하였다. 또한, 실천계획은 주별, 월별로 일정을 세부적으로 나눠 관리했으며, 하루도 빠짐없이 실행에 옮겨왔다. 이런 세부실천계획은 일상적인 생활로 자리 잡아 지금도 매일 실행하고 있다.

나는 참다운 인간으로서의 꿈을 실현하기 위해 '일일신 우일신(日日新 又日新)' 하면서 어려운 고난과 역경을 극복하였다. 직장 내에서는 자기 계발을 위한 영어교육, 중앙공무원교육원 자기계발 프로그램 등에 적극적으로 참여하였고, 교양서적으로『가슴 뛰는 삶』, 『오바마 이야기』, 『목민심서』, 『꿈 너머 꿈』, 『30년 만의 휴식』, 『4개의 통장』, 『낙관주의자』, 『행복한 이기주의』, 『아름다운 마무리』, 『무소유』, 『상경』, 『인문의 숲에서 경영을 만나다』 등 매달 1권 이상 책을 읽었다. 취미생활로 아내와 함께 드럼을 시작했고, 주말에는 격월 각 1회 정도 민물, 바다낚시, 등산, 하프 마라톤도 하고 자전거는 꾸준히 탔다.

우리는 대부분 조직사회생활을 55세에서 60세에 마무리한다. 국가의 의료 및 사회복지 정책으로 우리나라 2016년 평균수명(기대수명)이 82.5세인 것을 감안한다면, 퇴직 후에도 약 30년은 더 살아야 한다. 그러므로 정신적·물질적·정서적으로 노후에 편안하고 행복한 생활을 누릴 수 있도록 40대 초반부터 미리 준비하는 것은 당연한 과제인 것 같다. 즉, 우리가 나이가 들어가면서 아름다운 황혼에 대한 노후 설계를 꾸려 나가는 지혜와 퇴직에 대한 지혜를 습득하여 실천하는 것은 그 어느 때보다 중요한 것이다.

우리는 성장하면서 또는 가정을 지키면서 스스로 만지고 냄새 맡고 느끼고 들으면서 이런 지혜들을 자기 나름대로 깨닫는다. 이 깨달음을 자기 분수에 맞춰 자기 것으로 만들어 실천해 나가야 한다. 즉, 우리는 나이가 들수록 삶의 지혜를 배우는 학생으로 남아 열정적으로 뜨겁게 꾸준히 배워야 한다. 따라서 나는 내 삶을 멀리서 관조하거나 관찰하는 소극적인 자세로 대하지 않고, 더욱더 가까이 자연과 하나가 되어 자연 생태계가 주는 생명의 숨길을 마주 보고 사랑하면서 살아가는 적극적인 자세를 가져야겠다고 생각했다.

나는 언젠가 직장을 떠나야 할 때가 올 것으로 생각했다. 그래서 어느 날 갑자기 내게 다가올 퇴직도 미리 준비하기로 했다. 내가 직장을 떠나가는 길에는 두 가지 길이 있다. 하나는 제 발로 떠나는 것이며, 또 하나는 강제적으로 떠남을 강요당하는 것이다. 둘 중 어느 것이 좋은지는 나와 독자는 이미 알고 있을 것이다. 참담하게 버려져 떠나는 것보다 내가 갈 곳을 미리 정하고 떠나야 좋은 삶의 여행을 계속할 수 있는 것이다. 이런 좋은 여행을 위하여 나 스스로 자기계발에 쉬지 않고 노력하면서 나 자신을 다듬어 놓고 노후 설계를 면밀히 준비하면서 떠날 때가 오면 전광석화(電光石火)처럼 망설이지 말고 떠나겠다고 생각했다. 그리고 나 자신 앞에 놓인 변화를 기회로 삼아 제2의 삶을 살아가는 방법을 찾았던 것이다. 이것은 평상시에 준비해 둔 사람만이 누릴 수 있는 절호의 기회인 것이다.

이렇게 갑자기 다가오는 변화에는 많은 에너지가 필요한 것은 당연한 이치이다. 그러나 이러한 변화가 내게 아주 매력적으로 다가오는 이유는 그것이 '내가 바라는 나로 향하는 참다운 삶의 여정'이기 때문이다. 내 의지에 따라 가장 나답게 살아가고자 하는 자발적인 변화를 맞이하는 것은 아주 기분 좋은 참다운 삶의 준비된 과정의 일부분으로 본 것이다. 따라서 나는 준비된 사람만이 아름다운 노후를 보낼 수 있다는 것을 잊지 않고 사전 준비에 많은 시간을 투자했다.

국가를 위한
공직 업적 및 승진

혈기 왕성한 젊은 시절에 열정을 가지고 직장 생활을 충실히 하고 외부활동도 열심히 하면서 살아온 덕에 1996년도에 신체적 경고장을 받음과 동시에, 사무관(5급) 승진시험 기회도 찾아왔다. 그동안 나는 전기용품 안전관리법을 개정하여 전기용품 안전관리 제도를 전면 개편하였다. 외국 전기용품을 국내에 수입하여 판매하고자 하는 해외 제조업자는 외국 제조업 등록과 형식승인을 얻은 경우에 국내에서 판매를 허용함으로써 국가 간 통상마찰을 제거하였다. 전기용품 안전 위해도에 따라 전기용품을 1종·2종으로 구분하고, 불법·불량 전기용품을 제조 판매하는 자에 대한 범칙금을 상향 조정하여 자국민의 안전을 강화하였다. 또한, 220V 승압 정책을 적극적으로 추진하고, 전기용품의 소비전력량 및 효율 표시제도를 운영하여 전기용품의 효율을 향상시키고 에너지 절약을 꾀하였다.

대외업무로는 국제전기기기인증제도(IECEE : System for Conformity Assessment Schemes for Electrotechnical Equipment and Components)에 의한 시

험기관 간 상호인증을 확대하고, 전기용품 기술기준을 국제 IEC 규격과 부합화시켜 전기제품의 품질 향상을 유도했다. 이런 국내외 업무를 적극적으로 추진한 결과, 1996년에 공업진흥청이 중소기업청으로 기관 명칭이 바뀌면서 사무관(5급) 승진시험을 볼 기회가 찾아온 것이다.

승진시험은 1차와 2차 시험으로 나눠 같은 직렬의 동료 5명에게 시험 볼 자격을 주고 이 중에서 시험점수와 근무성적(근무 기간 등)을 합산하여 가장 점수가 높은 한 명만 합격한다. 시험 대상자들은 주어진 업무를 수행하면서 시험을 준비해야 한다. 간혹, 근무시간에 공부할 수 있는 시간이 주어지기도 하는데, 이때는 업무에 능숙한 고참에게 많은 시간이 부여되기 때문에 신참에게는 시험 준비를 할 수 있는 시간이 상대적으로 적다. 또한, 승진시험은 공석이 생겨야 하므로 예기치 않은 기간에 찾아오는 경우가 많았다.

어찌 되었든 나는 어렵게 찾아온 좋은 기회를 놓치지 않으려고 근무가 끝나고 집 근처에 있는 독서실에 다니면서 시험 준비를 열심히 하여 1차 시험에 합격하고, 2차 전공과목시험에서는 동점이 되었으나, 근무 기간이 동료보다 짧아 고배를 마셔야 했다. 정말 아쉬웠지만, 결과에 승복해야만 했다.

그러나 기회는 그다음 해에 다시 찾아와서 단숨에 2차 시험에 합격하여 1997년에 사무관이 되었다. 사무관이 되면서 나는 동양의 제왕 중 성군으로 뽑히는 당나라 태종이 신하들과 나라를 다스리는 방법에 대해 정치 문답을 다룬 『정관정요(貞觀精要)』에 나오는 내용 '일하지 않는 것처럼 일하고, 다스리지 않는 것처럼 다스린다(不治而治 無爲之治)'와 같이 국가와 국민을 위하여 조용히 내게 주어진 공무를 성실히 수행하기로 마음을 나졌다.

사무관으로 승진한 이후에는 수입 전기용품을 제조하는 공장 현장 확인을 위한 해외출장 기회가 연간 1~2회 정도 있었다. 이 시기에는 국내 전기용품 제조업체의 해외진출이 가속화되고 해외 제조업체가 국내에 전기용품을 수출하는 기업이 증가했다. 내게는 해외출장이 국내 가전업계와 해외기업과의 품질경영 실태를 비교·분석하여 제도 개선하는 데 많은 도움이 되었다. 이 분석 결과를 활용하여 국내 전기용품의 품질향상과 수입 전기용품의 안전관리를 강화하여 국내에서 불법·불량 전기용품이 유통되지 않도록 전기용품 안전관리법을 모델별 안전인증 제도로 전환해 자국민의 안전관리 강화업무를 적극적으로 추진해 나갈 수 있었다. 특히, 아시아태평양경제협력체(Asia-Pacific Economic Cooperation) 내에 소위원회로 구성된 APEC/SCSC(표준적합성소위원회) 국제회의에 참석하여 회원국 간 전기전자분야 상호인정협정체결(EEMRA)을 성사시켰고, 국제회의에서 입수한 자료를 정리하여 각 회원국의 안전인증제도 정보 책자를 발간·보급하기도 하였다. 이와 같이 맡은 공직 업무에 헌신을 다 하여 표준과 안전정책을 개발하고 개선하여 국가 경제 발전에 매진한 결과, 공업진흥청장으로부터 표창장(1988)을 받고, 기술표준 원장으로부터 신바람 상(2007)을 받는 영광도 누렸다.

나는 2005년부터 자전거로 출·퇴근하는 자출족이 되면서 아침 형 인간으로 변했고, 이는 경제적·정신적·신체적으로 많은 도움이 되었다. 새벽 6시에 일어나 아침 식사를 하고 7시 30분에 집을 나선다. 자전거로 직장까지 출근하는데 약 30분 정도 소요된다. 8시에 직장에 도착하면 샤워하고 나서 그 날 처리해야 할 일들에 대해 우선순위를 정하고 업무를 처리하는 습관이 자출족이 되면서 몸에 배었다. 직장 내에서는 전기기기표준과, 국제표준과, 표준정책과로 보직 변경되면서 가전산업 육성을 위한 전기용품 안전관리법 제도개선, 국제회의 참석(APEC/SCSC, IECEE, IEC TC 등)을 통한 국내 인증제도 및 국가표준의 국제화 유도 등을 적극적으로 추진하여 서기관으로 승진할 기회가 왔고 2008년도에 서기관(4급)으로 승진하였다.

서기관 승진 이후 표준인증혁신팀장을 수행하면서 난립한 국가 인증제도를 범부처적으로 통합할 기반을 마련하여 경제, 사회적 비용 경감과 소비자의 불편 최소화로 기업·소비자 등 이해 관계자의 경쟁력 강화 및 편익증진을 높이고, 법정 강제 인증분야의 모듈 심사체제, 품목별 분류체계와 국가대표 인증마크(Ⓚ) 도입을 위한 각 부처 의견 협의조정을 열정적으로 추진하여 국가표준기본법을 개정하였다.

또한, 법정 임의인증의 인센티브 유형별과 제도 절차상 중복사례를 조사·분석하여 인증제도 간 또는 절차상 중복되는 품목의 통합 또는 단순화 추진방안을 미련하였다. 그리고 표준과 기술기준과의 연계강화에 필요한 코드 부여 체계방안을 마련하여 신속한 정보제공으로 대민 서비스의 질적 향상을 유도하였다.

이런 제도개선 내용을 전국 순회 설명회와 워크숍 개최, 매일경제(MBN) TV 방송 및 지하철 이동방송 등을 통해 대국민 홍보를 다방면으로 실시하였다. 결론적으로 산업자원부, 환경부, 정보통신부, 노동부, 식약청, 소방방재청 등 18개 부처의 통합 국가안전인증마크(КC) 도입을 완성하고 보급 확산시킨 것이 내게는 공직생활의 꽃이 되었다.

내가 1984년에 결혼하여 1년 만에 딸을 얻을 때만큼 행복하고 기뻤던 일은 외동딸이 외동아들인 공군 장교와 결혼한 2009년도이다. 가장으로서 가정을 이끌어오면서 가장 중요한 일은 자식을 결혼시켜 가정을 갖춰 주는 일이 아닌가 생각한다.

　　내 딸은 대학 시절 첫 미팅에서 만난 남자친구와 6년간 교제한 끝에 결혼했다. 대부분의 경우가 그렇듯이 남자보다 여자가 힘이 약해 자신의 몸을 지키는 데 불리한 입장에 있는 것이 사실이다. 그래서 나는 딸이 초등학교 다닐 때부터 육체적·정신적으로 강인하게 성장하여 어떤 어려운 환경에 처하더라고 자신을 보호할 수 있도록 검도를 같이 다닌 적이 있다. 그리고 나는 항상 딸에게 자신의 삶을 자신이 이끌어 가야 하고, 어떤 상황이든 자신이 결정해서 행동으로 옮긴 것은 다른 사람을 탓하지 말고 자신이 책임져야 한다고 했다. 극복하기 어려운 난관이 자신의 앞길을 막는다고 할지라고 꿈과 희망을 포기하지 말 것을 주문했다. 그리고 자신을 믿고 생활할 수 있다는 자신감을 가질 수 있도록 평상시에 정신적 훈련을 꾸준히 해 나갈 것을 요구했다.

그런데도 딸을 가진 부모들은 결혼 전에 남자친구를 만나 밤늦게 귀가하거나 남자친구와 여행을 떠난다고 할 때에는 말 못 할 고민과 걱정에 빠진다. 조금은 시대에 뒤떨어진 사고이긴 하지만 나는 딸이 결혼 전에는 정신적으로나 육체적으로 순결을 지켜줄 것을 요구하고 있었다.

6년간 교제하고 양갓집을 오고 가면서 서로의 인간성, 집안 사정, 장래 희망 등에 대해 서로 합일점을 찾은 것 같다. 어느 날, 딸과 딸의 남자친구(지금의 사위)는 우리 집에 와서 우리 부부에게 결혼하겠다고 선언했고 나는 당황하지 않고 두 사람에게 조건부 허락을 하겠다고 말했다. 그 조건은 두 사람이 평생 영원히 금실 좋은 부부가 되어 오래 살아가기 위해서는 삶의 목표와 인간과의 만남, 직업관을 서로 알고 지내는 것이 좋으니, 자신들 생각이 정리되는 대로 문서로 기록하여 우리 부부에게 보여주면 확인한 후 결혼을 허락하겠다고 했다. 단, 이것은 누구든지 다른 생각을 가지고 있으므로 정답은 없으니 자신들이 생각하고 있는 그대로 작성하면 된다는 팁을 주었다.

이렇게 한 이유는 자기 삶의 목표를 설정했느냐 안 했느냐에 따라 삶의 질이 달라지고 살아가는 의의를 찾을 수 있기 때문이며, 누구든지 자신의 자아를 실현하기 위해서는 내가 어떤 목표를 가지고 왜 사는지를 알아야 자신의 꿈과 희망을 한 단계씩 성취해

가면서 삶의 보람을 느낄 수 있기 때문이다.

두 번째로 만남은 우리 인간사회에서 피할 수 없는 것이다. 아리스토텔레스는 "인간은 사회적 동물이다." 라고 말했다. 그래서 만남이란 참으로 소중한 것이다. 누구를 어떻게 만나느냐에 따라 자신의 삶에도 지대한 영향을 주므로 지혜롭게 만남을 잘 이어가야 할 것이다. 즉, 상호 인간관계는 무수히 많은 사슬로 연결되어 있으므로 이를 잘 관리하느냐 못하느냐에 따라 행복과 불행이 결정되기 때문이다. 여기에는 부부 관계, 자식 관계, 친인척 관계, 친구 관계가 형성되어 가족, 사회, 지역, 국가, 세계로 폭넓게 이어지는 상호보완적인 인간관계가 형성되어 있다는 것은 우리 모두 잘 알고 있다. 이러한 만남을 잘 관리해야 자신의 꿈과 희망을 성취할 수 있어서 매우 중요하다고 생각했다.

세 번째로 주문한 것은 직업관이었다. 한 가정을 이끌고 가야 하는 부모는 자신이 그동안 공부한 것을 바탕으로 직업(자가 사업, 공무원, 교수, 변리사, 변호사, 연구원, 정치인, 연예인, 기자, 의사 등)을 잘 선택해야 편안하고 평온한 가정을 이루고 자녀들을 온전하고 바르게 양육할 수 있다고 생각하였다. 즉, 자신의 주변 환경과 여건에 맞는 미래의 꿈과 희망을 원하는 시기에 성취하기 위해서도 매우 중요하기 때문이다.

내 뜻에 따라 딸과 사위는 자신들이 생각하는 삶의 목표와 만남, 직업관에 대해 나름대로 작성해 와서 우리 부부로부터 결혼을 승낙받았다.

먼저 사위는 삶의 목표에 대하여는 '아내와 타인으로부터 존경받는 사람이 되자.' 라고 적었다. 그러면서, 부언하길 사회적 성공 못지않게 집안에서 훌륭한 가장이 되는 것이 또한 크나큰 성공이라 생각하면서 밖에서는 인격, 능력 면에서 존경받는 사람, 안에서는 훌륭한 남편이 되는 것이라고 했다.

두 번째 만남에 대하여는 서로의 만남에 있어서 많은 이견과 마찰이 있겠지만 서로 조금씩 양보해 가는 것이 좋은 만남이라 생각한다. 그러므로 좋은 만남은 처음 만났을 때의 조심스러움을 끝까지 이어갈 수 있도록 서로에게 상처 주지 않도록 하는 것이라고 했다.

마지막으로 세 번째 직업관에 대하여는 성공적인 인생을 살기 위하여 젊은 시절에 하고 싶은 공부를 꾸준히 해서 좀 더 발전된 미래 설계를 위한 직업을 선택하는 것이라고 했다. 지금은 병아리와 같으나, 미래에는 거대한 독수리가 되도록 매사에 최선을 다하겠다고 정리했다.

딸의 경우에는 삶의 목표에 대하여는 세상 누구보다 더 행복하고 즐거운 삶, 어떠한 상황이 다가와도 절대로 포기하지 않고 꾸준히 발전해 나가는 삶, 타인에게 부끄럽지 않은 삶을 살겠다고 했다.

두 번째인 만남에 대하여는 우연한 좋은 만남과 좋은 느낌의 하모니가 되겠다고 했다. 6년간 때 묻지 않은 순수한 마음으로 헤어짐 없이 꾸준하게 서로를 배려하며 사랑을 지켜온 첫 남자와의 만남을 경험 삼아 서로 인격을 존중할 줄 알고 존경받을 수 있는 따뜻한 마음을 주고받을 수 있는 것, 서로 신뢰하며 사랑하는 것, 상대방의 단점을 파헤치기보다는 장점을 바라봐 주는 것이 좋은 만남이라 생각한다고 했다.

마지막으로 직업관에 대하여는 자신이 진심으로 응할 수 있고, 그 일을 지켜보는 사람에게 따뜻한 감정을 전해 줄 수 있어야 하며, 자신의 흥미, 적성, 성격 등 모든 것이 원하는 직업을 선택해야 한다고 생각한다고 했다. 즉, 좋은 직업을 가지려면 첫째, 장기적인 시각으로 접근해야 한다. 처음부터 높은 직책이나 좋은 직업을 가지려 들지 말고, 밑에서부터 차근차근 올라가는 것이 후회하지 않는 것이다. 둘째, 꿈은 밤에 꾸고, 낮에는 현실을 직시해야 한다. 너무 높은 허황된 꿈은 좋지 않기 때문에 현실에 맞는 자신에게 적당한 포부를 가지고 있는 것이 좋다. 셋째, 배울 수 있는 직장을 선택해야 한다는 것이다.

이렇게 두 사람은 자신들의 생각을 정리하여 우리 부부에게 제출하여 결혼 승낙을 받고 공군회관에서 공군 장교 제복과 아름다운 웨딩드레스를 입고 가까운 친인척과 친구 및 지인 등 여러 귀빈들을 모시고 축복받는 결혼식을 성대히 올렸다. 이후 딸은 외손녀를 낳았고 사위는 변리사 시험에 합격하여 모 중견기업에서 정보통신분야 전문 변리사로 일하며 현재 행복한 가정을 꾸려나가고 있다. 여기에 덧붙여 사위가 딸에게 청혼한 글이 내 마음에 와 닿아 그대로 옮겨 적어 볼까 한다.

당신은 그렇게 다가왔습니다.
아무런 소리도 없이 아무런 흔적도 없이 그렇게 다가와 있었습니다.
나도 모르는 새에 당신은 그렇게 내 맘 속으로 들어와, 자리를 잡았습니다.
이런 내 맘이 당신을 원합니다.
이제 오로지 당신만 사랑하며 당신을 지키려 합니다.
내가 당신을 지켜 줄게요.
그대의 따뜻한 집이 되어 튼튼한 지붕이 되어,
비가 와도 눈이 와도 거센 바람이 불어도,
아무리 힘든 일이 닥쳐와도 당신만은
내 목숨을 걸고라도 꼭 지켜 줄게요.

혹시, 연리지라는 나무를 아시나요?

서로 다른 뿌리를 가진 두 나무가 너무 사랑해서
서로 엉키고 맞물리다 결국 하나가 되는 나무,
바로 연리지입니다.
살아온 환경도 삶의 가치관, 생김새도 다른 우리
나는 우리도 연리지처럼,
완전한 하나가 되었으면 좋겠습니다.

사랑하는 정아야.
매일 아침 너의 맑은 눈을 바라보며
잠에서 깰 수 있다면
난 이 세상에 어떠한 행복이
나를 유혹한다 해도 널 선택할 거야.
너와 함께 할 수 있는 난,
세상 그 누구보다 행복한 사람이니까.
너와 매일 같은 하루를
공유할 수 있고, 함께 눈 뜰 수도 있고,
이런 내 행복한 상상이 현실로 되도록
도와줄 수 있겠니?

정아야. 우리 결혼하자.
네가 이 세상 어떠한 누구보다 행복한 사람이 되도록
내가 노력할게.
사랑해. 정아야.

자녀 성장 과정에 맞는
도덕적·사회적 교육

많은 분들이 알고 있는 얘기지만, 부모로부터 사랑을 받지 못한 아이보다 부모로부터 사랑을 받고 자란 아이가 결혼해서 자식을 키울 때 훨씬 자녀들에게 사랑을 많이 베풀 줄 안다는 것이다. 우리가 흔히 말하는 '윗물이 맑아야 아랫물이 맑다.'는 말이 여기에도 맞는 것 같다. 나는 부모로서 가장이 되어 외동딸에게 사랑뿐만이 아니라 타인을 존중하면서 도덕적·사회적으로 성숙한 인간으로 성장할 수 있도록 끊임없이 관찰하고 살피는 데 노력해 왔다. 그런데도 외동딸의 성장 과정을 지켜보면서 느낀 것이지만 성숙한 인간으로 올바르게 이끌어 주는 교육은 부모들에게 피할 수 없는 어렵고도 어려운 일이다.

우리가 사는 현대 사회는 정치·사회·종교·문화적 차이 등으로 다양한 요구가 복잡하게 얽혀 있다. 그리고 다양한 이질적인 사람들이 모여 사는 다문화 사회이므로 각자의 입장을 서로 존중해 주면서 합일점을 찾아가야 한다. 그래서 보편적인 하나의 틀을 가지고 복잡한 문제들을 해결해 나가기는 불가능하다. 따라서 우리가 이런 다양하고 복잡한 문제들을 해결하는 방법을 자녀들에게 직접 가르치는 것은 무리가 있다. 그러므로 자녀들이 도덕적 가치 판단 기준을 습득해 나가는 것을 도와주기 위해서는 자녀들의 사고를 확장시켜 나갈 수 있는 조건을 제공해 주어야 한다. 좋은 교육방법으로는 자녀들에게 갈등을 유발할 수 있는 문제를 제시하고 나름대로 도덕적 견해들을 자유롭게 비교해 볼 수 있도록 유도해 보는 것이다.

내가 생각하는 자녀 교육은 예전 것을 단순히 반복 학습하는 것이 아니라 창의력을 갖고 비판적인 정신으로 새로운 것을 발견해 나가도록 유도하고 독려해 주는 것으로 생각한다. 동시에 자녀들의 자발적인 행동을 통해 능동적이고, 긍정적이면서 낙천적인 사고를 가진 진보적인 참된 인간이 되도록 지도·독려하는 것이 바람직하다는 생각이 든다.

결국, 나는 내 딸을 가르칠 때 자신과 다른 새로운 견해나 상황을 접하거나 다른 관점을 가진 타인을 상대할 때에는 상식적인 올바른 도덕적·사회적 관점에서 바라보며 상호 작용을 할 수 있도록 생각의 폭을 넓혀 가는 것이라고 가르쳤다. 결국, 자녀가 성장하는 과정에 맞는 도덕적·사회적 교육은 가정·학교·사회가 삼위일체 되어 가르쳐야 한다고 생각하였다. 즉, 자신들이 구성하고 있는 지식 체계와 새로이 접하는 현상과의 불일치에서 오는 복잡한 인지 갈

등을 새롭고 다양한 각도에서 생각하며 접근하여 긍정적으로 해결해 나가도록 유도했다.

『논어(論語)』 학이(學而) 편에 보면 '배우고 제때에 익히니 또한 기쁘지 아니한가(學而時習之 不亦說乎)?'라고 했다. 여기서 우리 부모가 자녀들의 성장 과정에서 관심을 가져야 할 부분은 제때에 사람다움을 배우고 익히면서 삶 속에서 자신의 도리를 실천함으로써 흐뭇함을 느끼는 환경을 조성해 주어야 한다. 이 중에서도 내가 권하고 싶은 것은 자녀에게 외국어 하나 정도는 의사소통이 원활하게 될 수 있게 능력을 키워주는 것이 중요한 것 같다. 왜냐하면 80년대를 넘어오면서 세계화의 물결에 따라 국경 없는 무한경쟁 체제로 변화되어 국제사회에서 자신의 의견을 제시하기 위한 의사소통 능력이 중요해졌기 때문이다. 형식적인 문법적 정확성보다는 의사소통을 원활히 하는 것이 필요하다는 것이다. 특히, 우리나라는 2014년 기준으로 세계무역 순위 9위이고, 국민총생산에 대한 수출·입 총액의 비율(무역의존도)은 75.8%로 상당히 높아서 국제사회에서의 의사소통 능력은 더욱 필요하다.

21세기에 들어와서 영어는 미국, 영국, 캐나다, 호주 등 영어 사용 국가들의 세계 경제력과 문화적 위치 상승으로 국제사회에서 의사소통의 중심도구로서 자리매김하고 있다. 또한, UN, WTO, APEC 등 국제기구에서의 국제 공용어로서 영어 사용도 증가하고 있으므로 대외 활동할 때 자신의 의견을 영어로 정확하고 자유롭게 전달할 수 있도록 하는 것이 필수적인 사항이 되었다. 그리고 IT 기술 발전에 따라 인터넷을 통해서 최신 정보를 신속히 얻고자 할 때도 영어를 통한 정보 습득이 훨씬 더 수월해졌다.

자녀들이 외국어 의사소통 능력을 향상하기 위해서는 무엇보다 스스로 영어 학습방법을 발견하여 스스로 깨닫고 이를 적극적으로 실천토록 하는 것이 중요하다고 생각한다. 그러므로 일상생활 속에서 영어를 자연스럽게 사용하여 거부감을 없앰과 동시에 많이 보고 들어 의사소통 능력 향상을 위한 자발적인 학습 동기를 마련해 주어야 한다고 생각한다. 내 경험에 의하면 자녀들이 청소년기인 중학교와 고등학교 학창 시절에 외국어 기초 실력을 확실히 구축할 수 있도록 부모들의 끊임없는 관심과 독려가 절실히 필요하다고 본다.

나는 지혜로운 부모로서 최선을 다했는가?

내가 살아오던 초등·중학교 시절만 하더라도 대부분 가정은 대가족제도로 운영되어 할아버지, 할머니, 삼촌, 고모, 아버지와 어머니, 그리고 형제자매들이 함께 한울타리 내에서 살았다. 그러나 지금은 사회구조가 급속히 변화하여 개인화와 핵가족이 가속화되었다. 가족 형태도 첨단 과학기술로 시험관 아기 및 대리모 등 친자 확인이 불명확하거나 이혼한 남녀가 다른 형태로 재결합하는 관계 등으로 가족 구성이 다양화되고 복잡해져 가고 있다.

그래서 과거와 같이 한 가족이 한 지붕 밑에 같이 살면서 공동체 생활하는 것을 거의 찾아보기 힘들고, 가족이라는 기존의 규범도 새로운 생식 기술의 출현으로 모호해져 가고 있는 것도 현실이다. 이런 복잡하고 다양한 사회구조 속에 사는 현대인들은 자신이 스스로 가족을 선택하고 자신의 삶을 능동적으로 계획하고 책임지며 살아가야 하는 것이다.

내가 생각하고 있는 가정이란 자녀들에게 있어서는 피난처이고, 생활의 터전이며, 양육되는 곳이라고 생각했었다. 특히, 가정은 자녀들이 부모에게서 독립하여 결혼하기 전까지는 가족을 통해서 심신의 욕구를 충족시키고, 친자 관계에서는 정서적·애정적 유대 관계가 아주 밀접하게 유지되도록 하는 매우 중요한 역할을 담당하는 곳이다.

내가 지혜로운 부모가 된다는 것은 다정한 가정을 갖추고 내 자녀들이 살아가는 데 필요한 올바른 방향을 설정해 줌과 동시에 참다운 삶을 영위해 나가도록 길잡이가 되어 주는 역할이라 생각한다. 종전의 대가족제도에서는 자녀들의 정신적·정서적 양육 측면에서 부모의 역할을 조부모와 나눠 했기 때문에 부담이 비교적 적었다. 그러나 지금은 대부분 가정이 핵가족화되어 종전보다 부모의 역할이 더 큰 부담이 되고 있다. 특히, 내가 부모가 되었을 때를 회상해 보면 딸에게 지혜롭게 처신했는지 다시 한 번 생각하게 한다. 왜냐하면, 나는 직장 일 이외도 사회, 취미, 문화 활동 등으로 심신이 피로해서 나 자신도 제대로 유지해 나가기 어려웠으므로 딸과 주 중에 1시간 이상 얘기를 나누기도 쉽지 않았다. 성장하는 딸과의 대화가 딸의 행복감과 자아 존중감을 증대시킨다는 것을 잘 알면서도 현실 속에서는 실천으로 옮기지 못했던 같다.

여성가족부가 청소년 3,000명을 대상으로 설문 조사(2014년)를 실시한 결과, 아버지는 32%, 어머니는 53%가 주 중에 1시간 이상 자녀들과 대화를 나누고 있는 것으로 나타났다. 대부분의 부모들은 자녀를 키우면서 가능한 남들보다 정신적으로 강인하고 사회적으로 여러 사람들로부터 존중받도록 훌륭하게 키우고 싶어 백방으로 노력한다. 그러다 보니 우리 가정에서는 자녀들을 너무 사랑하거나 귀여워함으로서 과잉보호하는 경우도 종종 있다. 부모의 사랑이 모자라 애정이 결핍되는 것도 문제지만 지나치게 사랑해 주거나 귀여워해서 자녀들을 버릇없이 만들고, 모든 것을 자기중심적으로 생각하여 사회적인 인간으로 성장하는 데 걸림돌이 되기도 한다.

내 나이 60세가 넘어 외손녀와 함께 놀아 주는 시간이 많아져서 그런지 내가 결혼해서 지혜롭고 다정한 가장으로서 외동딸을 키울 때 '딸의 입장을 배려해 가면서 충분한 대화를 나누려고 최선을 다했는가?' 하고 자문하게 된다. 나는 가능한 많은 시간을 가정에서 보내고 가족과 함께 국내 여행을 자주 다니기는 했어도 별도 시간을 마련하여 딸의 얘기를 신중하게 들어 주면서 충분히 대화를 나누지는 못했던 것 같다. 그래도 아내가 전업주부로서 딸과 대화를 많이 가지고 딸의 사춘기를 잘 넘겨 준 것이 다행이다. 나는 간간히 딸에게 자신의 삶에 대한 목표 인식을 명확히 하여 올바른 사람이 되어야 한다고 주문하면서 어떠한 어려움이 있다 하더라도 절대 포기하는 삶이 되어서는 안 된다고 했다. 그리고 부부지간에는 서로의 장점은 칭찬해 주고 단점은 서로 보완해 주는 부부가 되어 영원히 사랑하고 그리운 임으로 남아야 한다고 했다. 그렇지 않으면 각자 살아온 환경과 습관, 사고가 다르므로 서로 자기중심적이고 이기적인 생각으로 자기주장만 하게 되어 의견충돌이 생긴다고 했다. 그리고 서로의 단점을 약점으로 삼아 서로 헐뜯고 싸워 결국에는 하루아침에 남으로 돌아서서 헤어지게 되는 것이 부부 관계이므로 항상 조심해야 한다고 훈육한 것이 전부인 것 같다. 그러나 무엇보다도 자녀들을 지혜로운 아이로 성장시키기 위해서는 모범적으로 부모의 행동과 말이 일치하는 것이 최우선되어야 한다고 평상시에 생각하고 있다.

『사서삼경(四書三經)』 중 대학(大學)에는 '자신의 몸과 마음을 바르게 한 사람만이 가정을 다스릴 수 있고, 가정을 다스릴 수 있는 자만이 나라를 다스릴 수 있으며, 나라를 다스릴 수 있는 자만이 천하를 평화롭게 다스릴 수 있다(修身齊家治國平天下).'이라는 말씀이 있다. 즉, 나 자신이 바른 마음과 자세를 가져야 가정교육을 올바르게 인도할 수 있고 더 넓게는 사회, 국가, 세계를 다스릴 수 있다는 말씀에 나는 동감한다.

우리 인간은 삶을 완전히 통달한 사람은 없고, 누구나 인생에서는 미완성이다. 따라서 나는 내 삶에 귀를 기울이며 뚜벅뚜벅 내 길을 걸어 왔다. 즉, 내 삶에서 진실로 소중한 것은 학식, 재물, 인간성의 완벽함이 아니라 살아가는 동안 어떤 삶이 참다운 인간이 되는 것인지이다. 나는 그것을 끊임없이 탐구하면서 생활해 왔다. 그러므로 나는 자녀들이 개인의 고유함과 각자의 특성을 자유롭게 살리면서 살아갈 수 있도록 지도, 격려해 주는 것으로 만족했다. 내 삶의 과정에 정답이 없는 것과 같이 자녀 교육에도 정답이 없고 왕도가 없는 것 같다. 다만, 우리 앞에는 험난한 실전 과정만이 놓여 있을 뿐이다.

성장기 또는 사춘기에 놓여있는 자녀들이 겪는 갈등과 고민은 우리 부모세대에서 겪은 것과는 차이가 크고 다른 복잡한 문제들이 서로 엉켜 있다. 그러므로 나는 가능하면 딸의 입장에서 생각하고 배려하면서 잘 들어 주는 것이 내가 할 수 있는 최선의 방법이라 생각했다. 즉, 확실하고 명확한 사실이 아니라면 가만히 경청만 해 주었다. 이것은 내가 어설프게 질책하거나 방향을 제시해 주는 것보다 백번 나은 방법이라는 생각이 들었기 때문이다. 나는 내 딸이 최선을 다하여 자신의 삶을 이끌어 갈 수 있는 길을 찾아가도록 길잡이 역할만 했다. 그리고 먼발치에서 묵묵히 바라보면서 잘못된 길로 가지 않도록 지도·격려해 주는 것으로 만족했다.

하지만 내 딸이 내 욕심에 맞지 않은 학교 성적표를 가지고 집에 왔을 때, 맘에 들지 않는 대학교를 진학했을 때는 한동안 내 분을 참지 못해 어쩔줄 몰랐다. 그러나 이것도 잠시뿐이었다. 내가 딸의 능력과 한계를 뛰어넘는 성적을 요구하거나 좋은 대학을 선택하도록 강요한다는 것은 정말로 어리석은 짓이라는 것을 시간이 지나가면서 알게 되었다. 즉, 내 딸의 개성과 능력을 무시하고 '하면 된다.' 라는 식으로 강요하면서 내 욕심만 채우려 한다면 오히려 내 딸을 잘못된 길로 빠뜨릴 수 있다고 생각했다. 내가 어려운 환경을 극복하기 위하여 끊임없이 노력하고 인내하면서 살아온 것과 같이 내 딸에게도 똑같은 방법으로 생활할 것을 요구한다는 것은 무리라는 것을 깨달았다. 그래서 나는 딸의 개성과 능력에 맞춰 자신의 길을 스스로 결정하고 선택해 나가도록 배려해 주고 격려해 주는 것으로 만족했다.

더불어, 나는 가정이 유복하든 가난하든 간에 자녀들이 고등학교를 졸업하면 경제적으로 독립하고 자립할 수 있는 마음 자세를 키워 줘야 한다고 생각했다. 왜냐하면, 자녀들이 성년이 되어 결혼해서 가정을 이끌어 가기 위해서는 자신뿐만 아니라 자신이 거느리고 있는 가족의 의식주를 해결해 나가야 하기 때문이다. 한편으로는 부모가 물려준 재산이나 부모가 지원해 주는 자금으로만 의지하며 생활하겠다는 무책임하고 게으른 마음 자세를 갖지 않도록 평상시에 딸을 가르쳐 왔다. 즉, 부모의 생명도 한정되어 있으므로 언젠가는 자신들도 경제적으로 독립해서 자식을 키워야 하기 때문이다. 따라서 나는 딸에게 고기를 먹여 주는 것이 아니라, 고기를 잡는 방법을 가르쳤다. 그래서 내 딸에게 주문했던 것은 공부를 잘 해서 장학금을 받거나 아르바이트 등을 통해서 학비에 보태야 한다고 했다. 또한, 자기가 쓰는 용돈은 저축이나 착한 일을 해서 받은 돈 등으로 일부 충당하도록 유도했다. 그리고 자신의 노력으로 만든 것과 부모의 노력에 의해 만든 것을 구분할 줄 알도록 평상시에 경제 교육을 했다. 예를 들면, 우리 가족이 거주하고 있는 집은 우리 집이 아니라 아빠 또는 엄마의 집으로 명확히 구분하도록 알려주었다. 그러므로 자기 집을 마련하기 위해서는 열심히 노력해야 한다고 주문함으로서 경제적 자립심을 스스로 갖추도록 했다.

그러나 이런 모든 내 행동이 '정말 지혜로운 부모로서 최선을 다했는가?' 라는 점에 대해서는 아직도 나 자신이 매우 부족함을 느낀다. 또한, 이런 교육방법이 올바른 자녀 교육방법인지에 대해서도 의구심을 가진다. 따라서 나는 내 딸에게 우리 부부로부터 배우지 못한 것들은 학교에서, 사회에서 또는 책 속에서 스스로 해답을 찾아가도록 가르쳤다.

꿈에 그리던
전원생활

외동딸이 2009년에 결혼한 이후, 우리 부부는 아파트에서 조용한 단독 주택으로 이사하여 전원생활을 꿈꾸고 있었다. 그래서 공인중개업을 하는 사돈 내외분께 적당한 전원주택 단지를 물색해 줄 것을 부탁하였다.

2011년 1월 초 어느 날, 우리 부부는 딸이 사는 분당 수내동과 정자동 지역의 전원 마을 주택단지를 한번 둘러보기로 하고 사돈 내외분께 연락했다. 다행히도 둘러본 집 가운데 335m 불곡산 아래 정자3동 전원 마을에 있는 전원주택이 마음에 들었다. 그러나 집주인이 외출하여 저녁 늦게 돌아온다는 것이다. 이 얘기를 전해 들은 사위가 사고자 하는 집이 마음에 들면 저녁을 같이하고 기다렸다가 집주인을 만나보는 것이 좋은 것 같다고 긴급 제안을 하였다. 그래서 우리는 그 날 저녁을 같이 먹고 집주인을 만나 바로 매매계약을 체결하고, 그해 5월에 안양 평촌에서 분당 정자3동으로 이사해 왔다. 앞으로 공직생활을 마감하고 퇴직하면 전원 마을에서 간단한 채소와 꽃을 가꾸면서 생활할 수 있는 터전을 마련하겠다는 꿈이 실현된 것이다.

　이곳 정자동 전원 마을은 불곡산의 힘찬 세 줄기가 뻗어 내린 곳으로 좌우 두 개의 산줄기가 포근히 감싸 안고 가운데 큰 산줄기는 상서로운 힘이 멈추는 곳이다. 여기는 푸른 숲과 산새 소리, 나람쥐, 청솔모가 뛰어노는 늘 정거운 곳이다. 불곡산 정상에서 아래를 내려다보면 분당구 전체와 강남 롯데월드타워(123층) 등이 한눈에 들어온다. 이곳에서 다정한 이웃들과 함께 둥지를 틀고 따뜻한 인정을 나누니 큰 행복이 아니겠는가?

　내가 정자동에 구입한 전원주택은 대지 198㎡에 건평 429㎡(지하 1층, 지상 3층, 옥탑 1층)로 구성된 다가구주택건물이다. 앞마당에는 주차장과 조그만 정원이 마련되어 있다. 우리는 3층과 옥탑을 함께 사용하고 있으며, 옥탑에는 50㎡의 옥탑방과 정원으로 구성되어 있었다.

　나는 평촌에서 정자동으로 이사 오자마자 김장용 플라스틱 용기 9개를 구입하여 용기 밑과 옆구리 측면에 드릴로 구멍을 내어 배수구와 공기구멍을 만들고 거기에 흙을 채워 각종 채소류를 재배하기 시작했다. 그리고 앞마당 정원에는 봉선화, 장미, 채송화, 국화, 나팔꽃, 개나리, 철쭉, 코스모스, 군자란, 문주란, 목련 등을 심었다. 옥탑 정원에는 배추, 열무, 파, 상추, 고추, 부추, 근대, 시금

치, 쑥갓, 깻잎, 토마토, 가지, 호박, 사과 등을 심었다. 이 채소류들은 교대로 씨를 뿌려 우리 부부가 봄부터 가을까지 유기농 채소를 충분히 먹을 수 있는 물량이므로 매년 이 시기에는 우리 식단이 신선하고 풍부한 채소로 가득 채워진다. 겨울에는 음식물 찌꺼기를 기존 흙과 잘 섞어 사용함으로써 양질의 토양으로 바꿔 매년 신선한 채소를 수확할 수 있다.

그리고 우리 집에는 불곡산에 사는 벌, 나비, 박새, 참새, 비둘기 조롱이과에 속하는 매, 까치 등 9종 50여 마리가 수시로 찾아온다. 이들은 나와 함께 조그만 정원에서 자연의 아름다움과 즐거움을 마음껏 누리고 있다. 나는 불곡산 주변의 작은 새들이 우리 정원에 날아와 마음껏 먹고 즐길 수 있도록 2L 생수 페트병으로 먹이통을 직접 만들어 달아주고 매일 분쇄한 땅콩과 해바라기 씨를 구입해 주고 있다. 그래서 새들은 사과나무와 목련 나무에 앉아 짹짹거리며 평화롭게 즐길 수 있는 우리 정원에 매일 날아오고 있다. 이 새들은 천국과 같은 우리 정원에서 나와 함께 자연의 조화로움과 행복감에 젖어 평화롭게 살아가고 있다.

▶ 플라스틱 용기로 만든 채소밭(호박, 파, 비트 등)

▶ 2L 생수 페트병으로
만든 새 먹이통과 참새들

▶ 집 앞에 하얀 꽃이
풍성하게 핀 목련 나무

▶ 불곡산에 사는 다람쥐

보람된
공직생활의 마감

　　자연과 더불어 전원생활을 만끽하고 있을 때
쯤, 이제 공직생활을 마무리할 때가 된 것을 알리는 청천벽력(靑天霹
靂)같은 2차 경고장(대장암 3기)이 2012년 6월 내게 배달되었다. 이것
은 직장에서 2년마다 실시하는 정기 건강검진에서 나타났다. 나는
1996년(40세)에 1차 경고장으로 고혈압, 지방간, 심근경색 허혈증이
라는 신체적 결함이 나타나서 아침 운동과 자전거로 출·퇴근하고,
술, 담배를 동시에 끊으면서 건강관리에 많은 신경을 쓰며 생활해
왔다. 그 결과, 짧은 시간에 지방간과 심근경색 허혈증을 치료한
경험이 있었다. 그래서 건강에 대하여는 그 누구보다 자신감을 가
지고 있었고 신체상 별문제가 없을 것으로 생각했다.

　　그런데도 내 젊은 시절인 20대에서부터 30대까지 이어진 무절제
한 음주와 나쁜 식생활 습관으로 인한 결과가 30년이 지나서 대장
암 3기라는 2차 경고장으로 날아온 것이다. 2차 경고장의 원인은
무절제한 음주 및 나쁜 식생활 습관도 있지만 57세가 되기까지 대
장 및 위 내시경 검사를 한 번도 받아 보지 않고 혈액 및 대변검사

로 대체한 것도 잘못된 원인 중 하나인 것 같았다.

　나는 이것을 계기로 20대 초반부터 시작한 36년간의 직장 생활을 미련없이 접기로 마음을 굳혔다. 애초 60세가 넘으면 직장생활을 그만 두려고 아내와 평상시에 상의해 오면서 퇴직 후의 노후 준비를 면밀히 해 왔다. 그러나 막상 내 앞에 퇴직해야 하는 상황이 발생하자 조금은 당황스럽고 혼란스럽기도 했다. 내 나이 40세가 넘으면서 평상시 노후준비를 해 오던 것이 예상보다 조금 더 일찍 와서 자연인으로 돌아갈 수 있도록 하늘이 내게 대장암이라는 친구를 보냈다고 생각하였다. 그래서 이제부터는 제2의 인생이 계획한 것보다 조금 일찍 왔으므로 종전에 생각했던 것보다 '조금 더 천천히 여유 있게 노후를 준비해 간다면 지금보다 더 나은 삶을 영위할 수 있지 않을까?' 하는 생각이 들었다. 다시 말하자면 어려울 때, 힘들 때, 고통스럽고 외로울 때는 잠시 멈춰 서서 쉬어 가면 모든 것이 자연스럽게 잘 해결될 것이라는 긍정적이고 낙천적인 생각을 가지게 된 것이다. 그리고 다른 무엇보다 살아 숨 쉬고 있는 나 자신의 존재가 중요하므로 우선 건강 회복에 집중하고, 그 이외의 일들은 천천히 자신의 의도대로 이끌어 가는 것이 바람직하다고 생각했다.

　처음 공무원을 시작할 때 국민과 국가에 봉사하겠다는 마음으로 시작한 것과 같이 제2의 인생도 자유롭고 풍요로운 삶으로 주변 사람들과 함께 평화로운 여가를 보내면서 봉사하는 자세로 새롭게 출발하기로 마음 먹었다. 그래서 나는 마지막 명예퇴직 인사차 출근하는 길에 가장 멋진 옷과 딸이 졸업 작품으로 만들어 내게 준 넥타이를 매고 첫 직장 나갈 때의 설레는 마음으로 출근하였다. 그리고 그동안 같이 일해 왔던 동료들과 자연인으로 새롭게 출발하는 상쾌한 마음으로 퇴직 인사를 나눴다.

퇴직 인사하려 출근할 때는 비가 조금 왔으나 집에 돌아오는 길에는 제2의 인생을 반겨주듯이 햇볕이 대지를 밝게 비춰주었다. 동료들에게서 들은 대부분의 위로 말은 건강이 제일이라고 하면서, 아무리 좋은 직장과 직위를 가지고 있어도 건강에 문제가 있으면 아무 소용이 없다는 말이었다.

퇴직인사를 마치고 집에 돌아오니 가족들은 문 입구부터 거실까지 고무풍선 섹션('congratulations!' 문구)으로 치장하고 축하 플래카드('항상 곁에서 힘이 되어준 당신, 고맙습니다. 어보, 사랑해요!')를 붙여 놓고 나를 반겨 주었다. 36년간 내 직장생활 마감을 집사람, 딸, 사위가 뜨거운 마음으로 맞이해 줘서 무엇보다 기뻤다. 특히, 사위와 딸이 전달해 준 명예퇴직 기념패에 적은 글귀는 기쁨을 배가 되게 했다.

"당신을 사랑합니다."

쉬지 않고 달려온 아버지

이제 그 짐 저희가 나누어 질게요.

언제나 환한 웃음 잃지 마세요.

건강한 삶, 행복한 삶, 편안한 삶

앞으로 아버지의 멋진 인생을 위하여

Bravo your life!

당신의 열매들(딸과 사위)

　가을이 깊어가고 있다. 우리 집 주변의 가로수와 불곡산의 나무들이 울긋불긋 단풍잎으로 옷을 갈아입고, 바람결에 나뭇잎이 우수수 떨어지고 있다. 이제까지 앞만 보고 바쁘게 살아온 것과는 달리, 앞으로는 현재에 충실하고 보다 여유롭고, 보다 천천히 삶을 즐기면서 풍요롭고 평화로운 노후 생활을 준비하기로 했다.

　이렇게 해서 나는 부이사관(3급)으로 2012년 11월 5일 자로 명예퇴직하면서 대한민국 홍조근정훈장과 훈장증을 수여 받고, 대통령으로부터 훈장 상품으로 시계도 받았다. 지난 33년간의 '공무원으로 재직하는 동안 직무를 성실히 수행하여 국가 사회 발전에 이바지한 공로가 크므로 대한민국 헌법에 따라 받은 홍조근정훈장'이다. 근정훈장에는 5등급(1등급 청조근정훈장, 2등급 황조근정훈장, 3등급 홍조근정훈장, 4등급 녹조근정훈장, 5등급 옥조근정훈장)으로 나뉘는데 이 중에서 3등급에 해당하는 것이다.

이것은 나 혼자만의 힘으로 이룬 것이 아니고 내 아내와 딸 그리고 주변 사람들이 도와줘서 공무원으로서 큰 대과 없이 국가 업무를 잘 수행해 왔기 때문에 받은 것이어서 더욱 빛났다. 특히, 나는 공무원으로서 직장생활을 시작할 때 가진 초심을 끝까지 잃지 않고 잘 지키면서 명예롭게 잘 마무리한 것을 나 자신에게 힘찬 박수를 보내고 칭찬하고 싶다. 그리고 나 스스로 무궁무진한 보람과 자긍심을 가진다.

내가 부모로서 가정을 이끌어 온 단계는 성장 과정에서 겪은 가난과 고난을 극복하면서 평화롭고 자유로운 삶을 보내기 위한 노후준비를 해야 한다는 많은 중압감으로 시달린 시기이다. 즉, 과중한 업무, 술과의 전쟁, 노후 준비 등으로 인해 찾아온 경고장을 슬기롭게 극복하고, 5급과 4급으로 승진하였다. 그리고 꿈에 그리던 전원주택도 마련하였다. 그러나 어떤 징후도 없이 찾아온 대장암 앞에 33년간의 공직생활을 마감하고 부이사관(3급)으로 명예퇴직하면서 공인으로서의 무거운 짐을 모두 내려놓고 아름다운 황혼을 맞이하는 단계에 들어서야 했다.

중년 시절에
참다운 삶을 찾기 위한 질문

❖ 내 주변 환경을 생각하면서 독신주의, 계약결혼, 정상적 결혼 등에 대하여 고민해 보았는가?

❖ 정상적 결혼을 통해 편안하고 행복한 가정을 이루고 자식을 키우면서 사는 것이 창조주가 준 자연의 선물이라고 생각해 본 적이 있는가?

❖ 부부지간에는 '서로의 장점은 칭찬해 주고 단점은 서로 보완해 주는 것이다.' 라는 것을 알고 부모로서 말과 행동이 일치하도록 노력하고 있는가?

❖ 내 자녀들이 평온하고 행복한 가정 속에서 건강하고 성실한 사람으로 자라나도록 학교와 가정교육에 관심을 가지고 있는가?

❖ 가정이 자녀들에게 피난처이고, 생활의 터전이며, 양육되는 편안한 곳이라는 생각을 가질 수 있도록 가정 분위기를 조성했는가?

❖ 가족과 함께하는 취미생활을 개발하고 꾸준히 실천하고 있는가?

❖ 자녀들이 결혼하겠다고 얘기할 때 부모로서 승낙할 수 있는 마음의 준비는 되어 있는가?

❖ 자녀들이 삶에 대한 목표와 의의를 생각해 보고 자신의 삶을 능동적으로 계획하고 책임지며 살아갈 수 있도록 격려해 주고 있는가?

❖ 자녀들의 입장에서 생각하고 배려하면서 잘 들어 주었는가? 반면에, 불확실하고 불명확한 사실에 대해서는 어설프게 질책하거나 방향을 제시해 주지 않았는가?

❖ 자녀의 개성, 능력과 한계를 뛰어넘는 성적이나 대학, 직장을 선택하도록 강요한 적은 없는가?

❖ 자녀들이 고등학교를 졸업한 후에는 경제적으로 독립하고 자립할 수 있는 마음 자세(아르바이트, 장학금, 저축 등)를 갖추도록 지도했는가?

❖ 자신의 노력으로 만든 것과 부모의 노력에 의해 만든 것을 구분할 줄 알도록 가르쳤는가?

❖ 자기 계발을 위한 교육에 적극 참여하고, 교양서적을 한 달에 한 권 이상 읽고 있는가?

❖ 퇴직 후에 소일거리를 찾는 지혜를 열정적으로 뜨겁게 습득하고 있는가?

❖ 마흔 살부터 준비해야 할 노후 대책(건강, 노후자금, 취미 생활 등)에 대한 세부 실천계획을 세우고 차질없이 실행하기 위해 매일 노력하고 있는가?

❖ 직장을 무릇 떠나야 할 때, 제 발로 떠날 준비가 충분히 되어 있는가? 그리고 전광석화(電光石火)처럼 망설임 없이 떠날 마음의 자세를 갖췄는가?

03 아름다운 황혼을 꿈꾸다

조기 퇴직을 유도한 대장암과
정신착란성 섬망 증세 극복

독일 물리학자이며 의학박사인 구스타프 테오
도르 페이너는 인간의 삶을 3단계로 나눠 첫째 임신에서 출산까지
계속 잠만 자는 단계, 둘째 인간들이 지상에서의 삶이라고 부르는
반쯤 눈을 뜬 단계, 셋째 사후에 시작되는 완전히 눈을 뜬 단계로
구분하였다. 나는 페이너가 구분한 두 번째 단계인 인간이 생존해
있는 반쯤 눈을 뜬 시기를 우리나라의 평균 수명보다 조금 높은
90세로 보고 이를 3단계로 나눠 내 삶의 얘기를 펼쳐 보았다. 그
래서 첫 번째 단계에서는 어려운 환경 속에 태어나서 부모로부터
보호를 받으며 성장한 단계로서 0세부터 30세까지 내 삶의 방향
이 설정된 유년기와 청소년기의 힘들고 고된 여정을 얘기했다. 두
번째 단계에서는 결혼해서 부모에게서 독립하고 가장으로서 가정
을 이끌어 오다가 갑자기 찾아온 대장암으로 인해 직장생활을 마
감한 57세까지의 얘기를 진솔하게 다뤘다. 세 번째 단계에서는 퇴
직 후, 시작되는 노후를 어떻게 평온하고 행복하게 보내며, 내 삶
을 마무리하는 것이 바람직한가를 독자들과 함께 고민하면서 풀
어 볼까 한다.

나는 자전거로 출·퇴근하고 주말과 공휴일에는 팔당에서 강원도 간성까지 진부령 무박 종주(210km), 천안에서 땅끝까지 1박 2일 국토종주(350km), 서울-춘천 간 고속도로 개통기념 자전거대회, 화천 비무장지대(DMZ) 랠리 자전거대회 등으로 체력단련을 꾸준히 해 왔다. 이런 내게 전혀 생각하지도 못했던 대장암 3기라는 진단이 2012년 정기 건강검진에서 나온 것이다. 이 대장암 3기는 주변 림프절에 전이가 있고 원격 전이가 없는 상태로서 5년 생존율이 대략 50% 정도밖에 되지 않는 상당히 치명적인 질병이다.

대부분의 대장암은 음주, 흡연, 육류섭취를 많이 하고, 운동이 부족하거나 과도한 업무 스트레스 등이 복합되어 생긴다. 이것은 대장 점막층에 혹처럼 튀어나온 융기물인 샘종성 폴립에서 발생하는데 이 샘종성 폴립이 암으로 발전되기까지는 대략 8~15년이 지난 후에 나타난다고 한다. 따라서 40세가 넘으면 건강한 체질일지라도 대장내시경과 위내시경 검사를 5년 내지 2년 사이에 한 번씩은 받아야 한다. 그래서 만약 샘종성 폴립이 있으면 바로 제거하여 암으로 진전되는 것을 막을 수 있다고 한다. 그러나 나는 아침 운동과 자전거로 평상시에 체력을 열심히 다져 왔기에 방심하고 대장내시경 검사대신 대변, 소변, 혈액검사로 대체해 온 것이 문제였던 것 같다.

결국, 이런 무시무시한 질병이 어떤 징후도 없이 내게 찾아온 것이다. 나는 이때부터 대장암에 관심을 갖고, 병원에 비치된 안내 책자와 『대장암 완치 설명서』, 『암과 싸우지 말고 친구가 돼라』, 『오늘 내가 살아갈 이유』, 『지선아 사랑해』라는 책을 읽으면서 암에 대한 대처 방법 및 이를 정신적으로 극복해 나가는 방법 등을 숙지해 나가기 시작했다. 또한, 인터넷 등을 통해 관련 정보를 입수하면서 이 무서운 암을 이겨내기 위해 온 힘을 다했다. 내 나이 57세에 잘 나가던 공직생활을 조기에 접고 삶을 마무리하기에는 아직 너무 젊다는 생각에 삶에 대한 희망의 끈을 놓지 않고 치료에 매진했다.

대장암 1차 수술은 가톨릭 서울 성모병원에서 복강경 수술 일인자인 김준기 교수로부터 2012년 9월 복강경 수술을 받았다. 이 수술방법은 수술 상처 부위가 적고 회복이 빠르다는 장점이 있다. 수술을 받고 오른쪽 가슴 혈관을 통해 항암 주사를 맞기 위해 케모포트 삽입 시술을 했다. 그리고 이 케모포트를 통해 옥시폴라, 5-FU, 류코보린 항암 치료제로 6개월간 2주마다 한 번씩 총 12회를 맞기 시작했다.

이 항암 주사는 상당히 견디기 어려운 치료로서 입원해서 24시간 동안 항암 치료제를 맞고 나면 4일 내지 5일은 음식이 역겨워 토해내거나 음식 냄새도 맡기 힘들어 식사를 거의 못한다. 그래서 암 환자들은 끼니마다 식사하는 것에 대해 두려움과 메스꺼움을 느낀다. 나 역시 그랬다. 항암 주사를 맞고 1주일이 지나고 나면 입맛이 돌아오는데 이때부터 1주일 동안 먹지 못한 양식을 보충하여 다음 항암치료를 위해 건강 유지를 겨우 하는 것이다.

대부분의 암 환자는 항암치료제의 독성으로 인해 머리털이 빠져 대머리가 뇌었다가 치료가 끝나면 다시 원상복귀 된다. 이런 과정을 지켜보면서 간호해 주는 주변 사람들은 환자들의 고통스러워하는 모습을 보고 매우 안타까워한다. 반면에 잘 먹지 못하는 환자는 자신을 위해 열심히 음식을 만들어 준 아내 또는 주변 사람들을 앞에 놓고 짜증을 내거나 괴로워하는 자신을 미워하거나 자책감에 빠지기도 한다.

이런 지독한 항암치료를 4차까지 받고 3개월 검사(CT, X레이, 혈액, 소변)를 받은 결과, 다른 부위로 전이된 것이 없다는 진단을 받았을 때는 나도 살아남을 수 있다는 생각에 기분이 상당히 좋았다.

그런데 6차 항암치료를 받던 중이었다. 항암치료에 조금 익숙해지니, 항암 치료를 받고 건강회복을 위해 겨우 음식을 먹기 시작한 시점에 입맛이 돌아와 아내에게 매콤하게 끓인 우럭탕이 먹고 싶다고 했다. 그래서 아내는 싱싱한 우럭을 수산시장에서 사와 집에서 수확한 매운 고추를 집어넣어 끓여 주었는데 이것이 수술 부위에 강한 자극을 주었는지 3일이 지났는데도 변이 나오지 않고 배가 아프기 시작했다. 급기야는 대장 수술부위가 움직이지 못할 정도로 통증이 와서 응급실로 급히 이송되었다. X레이, CT를 촬영하고 혈액검사를 확인해 본 결과, 장 폐쇄가 왔다는 것이다. 결국, 나는 생식기에 호스를 삽입하여 소변을 받아내고, 입을 통해 위에 호스를 삽입하여 음식물이 역류하여 기도를 막지 못하도록 하는 장치를 했다. 그리고 5일간 입원하여 변을 볼 수 있게끔 항문에 관장하고 변비약을 투약하여 간신히 살아났다.

그래도 첫 번째 생식기와 입을 통해 투입하는 호스에 대하여 거부감 없이 무난히 지나갔다. 그러나 두 번째, 세 번째 장 폐쇄가 왔을 때는 위와 대장에 차 있는 음식물로 인해 불편함과 통증을 더 많이 느꼈다. 더불어, 입과 생식기를 통해 호스 장치를 삽입하는 과정에서 오는 불쾌감과 쓰라림, 즉, 몸속의 연한 살갗을 스치는 아픔과 위를 통해 역류하는 음식물을 토해 내는 것이 싫고 역겨워서 정말로 응급실 가기가 두렵고 싫었다. 그러나 응급실에 가지 않으면 죽는 것이고, 살기 위해서는 응급실에 가야 했기 때문에 이를 악물고 고통을 참아 내야만 했다.

나는 첫 번째 장 폐쇄 때에는 원인이 불분명하므로 5일간 입원해서 응급 처치하는 것으로 그냥 지나갔으나, 두 번째 장 폐쇄가 와서 응급실에 실려 갔을 때는 대장 수술 부위에 이물질 통로를 넓혀 주기 위한 스텐트 삽입 시술을 6일간 입원해 받아야만 했다. 원인은 수술 부위가 대장 안쪽으로 새살이 돋아나 장을 막는 현상이 일어나 장 폐쇄가 왔다는 것이다.

스텐트 삽입 시술 이후에도 항암치료는 계속되어 7차 항암치료를 받던 중, 또다시 3차 장 폐쇄가 와서 응급실로 실려 갔다. 이때부터 나는 3차례의 장 폐쇄로 담당 의사를 의심하기 시작하였다. 50%의 생존율밖에 없는 암 환자인 나는 죽음이 점점 앞으로 다가오고 있다는 절망감과 공포감에 빠져들었던 것이다. 내 생명을 오직 한 의사에게 맡기는 것은 위험천만한 일이라는 생각이 들었다. 즉, 다른 병원으로 옮겨 재진단 받은 후, 재수술하는 것이 옳지 않은가 하는 생각이 들었다.

그래서 나는 서울대 병원 또는 삼성 병원 등에서 재검사를 받고 치료받는 것이 좋은지 여부를 다른 여러 전문 의사들과 상담하였다. 그 결과, 상담해 준 대부분 의사들은 현 병원에서 최초 PET CT, X레이, CT, 초음파 촬영 등을 통해 암 진단을 받아 수술받았으며, 3차례의 장 폐쇄가 온 후에 스텐트 삽입 시술과 7차 항암 주사를 맞은 상태이므로 관련 진단진료 및 치료기록들이 자세히 남아 있는 현재의 병원에서 계속 치료받는 것이 좋을 것이라고 권고해 주었다. 만약, 타 병원으로 옮겨 재수술받을 경우에는 PET CT, 초음파, X레이, CT, 혈액검사 등을 처음부터 다시 받아야 하므로 환자가 지쳐있어 건강 회복과 치료에 큰 도움이 되지 않을 것이라는 말이다.

결국, 나는 수술 받은 현 병원에서 계속 치료받기로 최종적으로 결정하였다. 이런 결정을 하고 나서 얼마 되지 않아 다시 4차 장폐쇄가 와서 응급실로 실려 왔다. 그 이유는 1차 스텐트 삽입 시술한 대장 부위가 또다시 축소되었다는 것이다. 이때부터는 내 운명은 의지도 중요하겠지만, 하늘이 주는 운명에 맡겨야 하겠다고 생각했다. 그래서 담당 의사를 믿고 의사 처방에 따라 치료받는 것에 더욱 집중하기로 했다. 결국, 1차 스텐트 삽입한 곳에 2차 스텐트를 덧씌우는 삽입 시술을 다시 받았다. 다행히도 2차 스텐트 삽입 시술을 받은 이후에는 다른 부위로 암이 전이된 것이 없었으므로 견디기 어려운 항암치료는 중단하였다.

그 후, 나는 4개월 동안 1차, 2차 스텐트 삽입한 대장 부위의 안정적 유지를 위해 음식물 조절을 종전보다 더 신중히 집중 관리하였다. 그 결과 특별한 이상 징후가 없었다. 그러므로 담당 의사는 2013년 6월에 2개의 스텐트를 제거하는 어려운 수술을 시도하기로 하였다.

스텐트 제거 수술은 다른 어떤 수술보다 실패 가능성이 높아 실패율이 30%나 되고 생존 가능성도 낮다는 것이다. 그 이유는 스텐트 삽입 시술을 2번이나 받아서 대장 주변 부위가 상당히 약해져 있었고, 이 약한 대장부위를 잘라 내고 봉합하는 것은 그리 많이 시도하지 않은 수술이기 때문에 위험성이 매우 높다는 것이다. 이 봉합 수술은 담당 의사의 많은 수술경험에도 불구하고 실패율이 높으므로 마음 준비를 단단히 하라고 내게 주문하였다. 즉, 봉합 수술한 후에는 봉합 부위가 너무 약해져서 조금만 잘못 움직이면 수술 부위를 봉합한 실밥이 터져 생명에 위험을 줄 우려가 매우 크다는 것이었다.

이런 과정에서 나는 살아야겠다는 집념을 가지고 책을 보는 것으로 아픈 부위의 통증과 죽음에 대한 불안감과 공포감을 잊어야겠다고 생각하였다. 그래서 틈이 나는 대로 잡생각을 없애기 위해 딸과 사위가 사다 준 책들을 마구 읽었다. 그런 가운데 서울대 한만청 교수가 쓴 『암과 싸우지 말고 친구가 돼라』라는 책에 깊은 감명을 받았다. 이 책은 전 서울대 병원장이었던 그가 간암 수술을 받은 후 폐로 전이되어 생존율 5% 미만의 기적을 실제로 이루어내서 암 환자들에게 희망을 준 유쾌한 암 치료론이다.

그는 이 책 속에서 이렇게 말하고 있다. '왜 벌써 절망하는가? 암에 걸렸다고 다 죽지 않는다. 그 어떤 순간에도 포기하지 마라. 생물계에서는 어떠한 일도 일어날 수 있다. 이 암이라는 녀석은 럭비공 같은 존재인데 언제 어디로 튈지 모른다. 오히려 이 점이 우리 암 환자에게 희망을 갖게 만든다는 것이다. 그러므로 이놈이 견디기 어려운 상대일지라도 끝까지 포기하지 말아야 할 명확한 이유가 있다는 것이다. 포기하지 않으면 당신도 1% 안에 드는 생존자가 될 수 있다.' 는 것이다. 그러면서, 그는 다음과 같이 말했다. '먼저 암 박사가 되자. 수치는 숫자일 뿐이다. 수치에 일희일비하지 말자. 거리를 두고 차분히 사귀자. 암은 언젠가는 돌려보낼 수 있는 친구라고 여기자. 어설픈 대체 의학을 믿지 말자. 항암 식품에 현혹되지 말자. 헬스클럽 운동 차라리 하지 말자. TV·신문·인터넷에 속지 말자.'라고 말하면서 '여기에 답이 있다.'고 한 것이다. 나도 한만청 박사가 이 책에서 조언해 준 대로 암을 친구로 생각하고 그가 조언한 내용 대부분을 따르고 실천으로 옮기기 시작했다.

그러나 실패율이 30%나 되는 스텐트 제거 수술은 내게도 견디기 어려운 큰 수술이었던 것 같다. 수술받은 후 바로 내게 정신착란성 섬망 증세가 나타난 것이다. 스텐트 제거 수술을 한 담당 의사는 나를 중환자실에서 48시간 꼼짝 못 하도록 했다. 나는 48시간 동안 의사 지시대로 앞·뒤·좌·우로 움직이지 못하고 천장만 바라보고 누워있어야 했다. 이로 인해 내게 정신적인 공황 상태가 온 것이다. 4차례의 장 폐쇄로 2차례의 스텐트 삽입 시술을 받은 후인지라 수술 부위가 많이 부어있고, 대장 기능도 많이 약화되어 있었다. 스텐트를 제거하는 수술은 손상된 수술 부위 중에서도 가장 양호한 부위들을 찾아 봉합해야 해서 실패율이 높다는 담당 의사 얘기에 정신적인 불안감과 공포감이 가중되어 수술 부위에 대한 아픔은 생각할 겨를도 없었다.

다행히도 봉합 수술이 성공적으로 이루어져 중환자실에서 48시간 안정을 취한 후 일반 병실로 이송되었다. 문제는 이때 발생했다. 대부분 큰 수술을 받고 난 후에 환자에게 많이 나타나는 것이 정신착란증 섬망 증세인데 이것이 내게도 찾아온 것이다.

내가 누워 있는 중환자실 침대 바로 앞에서 사건이 일어났다. 나보다 이틀 일찍 입원한 중견 기업체 사장인 70세가량의 노인과 그의 가족들이 중환자실에서 간호하고 있는 의사와 간호사들의 의료서비스가 마음에 들지 않는다며 일으킨 사건이다. 이들은 자신들이 병원에 거액을 기부한 만큼 병원 측에서는 자신을 VIP 대우를 해주어야 하는데 특별대우를 해 주지 않는다고 병원 관계자에게 상식 이하의 행패를 부렸다. 그러면서 자신이 그동안 기부한 물건들을 철수하겠다고 협박하고, 실제로 일부 물건들을 철거해 가는 것을 목격하였다. 그리고 자신들이 금전적으로 도와준 의사와 경리과장에게 입에 담지 못할 심한 욕설을 퍼붓고, 병원장 면담을 요청하기도 했다. 입원한 자신을 돌보는 간호사들에게는 간병인이나 할 수 있는 일, 즉, 밤늦은 시간에 라면을 끓여오라고 하면서 의사와 간호사를 자신의 하인처럼 취급하는 것이었다.

나는 내 앞에서 일어나는 일 모두가 사회 정의에 어긋난다고 생각되어 내 병세가 호전되면 언젠가는 언론기관 등을 통해 사법기관에 고발해야겠다는 생각이 들었다. 기부한 돈은 어려운 이웃을 도와주도록 한 것이지, 입원한 자신을 특별 대우해 준다는 조건으로 병원 측이 기부금을 받은 것이 아니라고 생각했다. 병원 측에서도 모든 행패를 수용하면서도 특별대우해 주지 않는 것이 옳다고 판단하여 특별대우를 해 주지 않고 있었던 것이다.

이런 비리를 목격한 내가 중환자실에서 행패를 부린 그들의 잘못된 행동을 언론기관 등에 알리어 그들에게 불이익을 초래하게 하고 또한 사회적으로 매장시키게 될 것으로 생각해서 그들이 내 일거수일투족을 감시하고 있다는 말도 안 되는 상상을 하게 되었다. 이런 착각 속에서 기부자가 타인을 시켜 나를 감시한다는 느낌이 드는 공황상태(섬망 증세)까지 빠진 것이다.

환자실에서 퇴실하여 일반병동(6인실)으로 옮겨 하루를 지내는 동안에도 내 옆에 입원한 사람이 위장 환자로 입원하여 나를 계속 감시하고 있다는 느낌이 들었다. 그래서 하루 만에 2인실 병동으로 옮겼다. 그리고 며칠 후에 나보다 먼저 입원한 사람이 퇴실하고 새로 들어온 환자도 기부한 자의 먼 친척이 위장해서 나를 감시하기 위해 들어 온 환자라고 착각했다. 이들이 친인척까지 동원해 나를 계속 감시하고 있다는 심리적인 압박이 가중되는 상상까지 하게 되었던 것이다. 또한, 간호실과 병동 복도에서는 기부자의 아내와 손자가 나타나 이 병동에도 자신들이 기부한 물건들이 있으니 모두 철거해 가겠다고 협박하고 다녔다. 더불어 간호사들에게도 행패를 부리고 있다는 생각이 들어 내 불안감은 가시지 않고 심리적 압박은 더욱 가중되었다.

결국, 여러 명이 같이 치료받는 다인실이나, 2인실에서도 나에 대한 감시가 계속되고 있다는 착각이 들어 결국에는 1인실로 옮겨 치료를 받았다. 그리고 담당 의사에게 심리적 진단을 요구하여 스텐트 제거 수술 후 내가 겪고 있는 섬망 증세 내용에 대하여 상담하였다. 의사와의 상담 후에도 이런 착각은 계속되어 기부한 자가 내 집 주소까지 알아내어 청부인을 고용하여 방화 등으로 보복할 것이라는 생각까지도 했다.

정말로 어처구니없는 상상을 하면서도 이 당시에는 이것이 현실로 나타날 것이라는 생각이 하루 종일 나를 괴롭혔다. 이런 심리적인 불안은 퇴원할 때까지 계속되었다. 나중에 알고 보니 이것은 큰 수술을 받은 사람들이 흔히 겪는 정신착란성 섬망 증세라는 것을 알게 되었다. 다행히도 나는 퇴원 후 얼마 되지 않아 이 섬망 증세가 없어졌다. 심한 경우에는 퇴원 후에도 이 증세가 간헐적으로 나타나 주변 사람들을 놀라게 한다고 한다. 다행히도 내게 나타난 이런 증세가 빨리 사라졌다.

이 정신착란성 섬망 증세가 내게 왔을 때 가장 가까이서 밤낮으로 나를 간호해 준 아내는 대장암 3기 판정과 2번의 수술, 2번의 스텐트 시술, 항암 주사 치료를 받을 때도 눈물 흘리지 않고 담담하였으나, 정신착란중 섬망 중세로 내 정신이 오락가락하며 횡설수설할 때는 자신도 모르게 눈물이 저절로 흘려내려 뒤에 숨어서 많이 울었다고 한다. 내가 퇴원 후 3년이 지난 어느 날, 내게 얘기해서 그 당시의 섬망 중세가 얼마나 심각하였는지를 알게 되었다. 암이라는 것은 5년 완치판결을 받고 나서도 10년 동안은 체력과 음식관리를 철저히 해야 한다고 한다. 만약 이를 부주의하게 하면 암 세포가 급속히 퍼져 생명에 치명타를 주는 무서운 병이다.

뼈가 부서지는 고통 속에서도 꿈과 희망을 갖고 낙천적인 태도로 간암과 전이된 폐암을 이겨낸 서울대 한만청 박사와 같이 나는 장년기에 찾아온 대장암을 친구로 생각하며 그가 조언한 내용을 실천으로 옮기고 체력관리와 식이요법을 열심히 하면서 완치 판결을 위해 열과 성의를 다하고 있다.

내 분수에 맞게
주변 관계 간소화

　　　　　　인간은 사회적 동물이므로 혼자 살 수 없는 존재이다. 그래서 다른 사람들과 어울려 살아가는 가운데 경쟁이 심해지기도 하고 심한 갈등이 발생하기도 한다. 하지만 어떤 경우라도 인간은 혼자 살 수 없으므로 주변의 여러 사람들과 우리라는 이름 아래 공동의 목표를 성취해 나갈 때 더욱 아름답고 조화로운 사회를 만들어 나가는 것이다. 이것이 우리가 서로 만나 좋은 인연을 맺고 살아가는 최고의 가치인 것이다.

　나는 대장암을 치료하면서 내 주변의 자연환경을 감상하며 천천히 걷고 산책하는 것이 내 사고의 폭도 넓히고 기억에 많이 남는다는 것을 느꼈다. 그저 너무 바쁘고 무리하게 목표만 향해 앞으로 전진하다가 몸과 마음을 다치는 것보다 여유를 가지고 가까운 주변에 있는 것으로부터 즐거움과 행복을 찾는 것도 중요하다는 것을 느낀 것이다.

　내가 원하는 행복과 즐거움은 먼 곳에 있는 것이 아니다. 그러므로 지금 나는 먼 곳에서 행복과 즐거움을 찾으려 하지 않고 아주 가까운 주변에서 단순하고 간단하게 찾는 방법을 습득하여 내 몸에 익숙해지도록 노력하고 있다. 즉, 주변 관계를 매 순간 새롭게 맞이해가면서 물과 같이 조화로운 생활을 하고 바람과 같이 말과 행동에 걸림이 없도록 실천해 나가기로 했다. 그러면서 모든 일을 하늘의 뜻과 자연의 섭리에 따르고 지속적으로 꿈과 희망을 위해 전진해 나간다면 내가 바라는 참다운 삶, 올바른 삶을 영위하지 않을까 생각했다.

나는 이런 것을 효율적으로 실천하기 위하여 이제부터 제2의 인생을 계획한 대로 종전보다 천천히 여유를 가지고 분수에 맞게 주변 관계를 정리하여 간소화시켜 나가기로 했다. 즉, 어려울 때, 힘들 때, 고통스러울 때, 그리고 외로울 때 잠시 멈춰 서서 쉬어 가면 자연스럽게 모든 것이 해결된다는 이치에 따른 것이다.

제일 먼저 실천으로 옮긴 것은 대장암이라는 큰 수술을 받고, 3차 항암치료 중에 직장에 출근해서 명예퇴직 신청서를 제출하고 온 것이다. 더 이상 직장 생활을 하는 것은 내 건강 상태로는 국민과 국가, 조직발전에 도움이 되지 않고, 후배들을 위해서도 자리만 차지하고 있어 업무에 도움이 되지 않는다고 판단했다. 즉, 큰 병을 가지고 현직에 남아 있는 것은 많은 분들에게 큰 불편을 주는 것이므로 바람직하지 않다고 생각했다. 공직생활을 끝내면서 고운

정, 미운 정 다 들었겠지만, 떠날 때는 말없이 조용히 떠나겠다는 마음을 갖고 있었다. 내가 40세가 넘으면서 그동안 제2의 인생에 대한 많은 생각과 시기를 준비하고 조절해 와서 그런지 원장, 국장, 동료들과 퇴직인사를 나누는데도 그리 섭섭하지 않고 그냥 담담하고 홀가분했다.

공자께서 말씀하시기를 "열다섯 살에 학문에 뜻을 두었고, 서른 살에는 학문의 기틀이 확립되었고, 마흔 살에는 헷갈리지 아니하였고, 쉰 살에는 하늘의 명령을 알았고, 예순 살에는 남의 말을 들으면 그 뜻을 이해하게 되었고, 일흔 살이 되어서는 마음이 하고자 하는 바를 그대로 따라도 법도에 벗어나지 않았다(子曰 吾十有五而 志于學, 三十而立, 四十而不惑, 五十而知天命, 六十而耳順, 七十而從心所欲 不踰矩)"라고 하셨다. 즉, 나는 청소년기와 성년기를 지나 60세가 넘은 노년기에 들어서면서 인생은 하늘의 명령에 따라 자신의 존재를 중요시하여 무엇보다도 살아 숨 쉬고 있음에 감사하며 건강관리를 우선 염두(念頭)에 두어야 한다는 것을 깨달았다. 그리고 영원한 반려자인 아내와 함께 내가 의도한 대로 행복하고 참다운 삶을 이끌어 가는 것이 바람직하다고 큰 병을 얻고 나서야 알게 되었다.

그동안 쌓아 온 물질적 풍요나 권력보다 우선 내 몸 관리를 잘하고 가깝게 지내온 지인과 친구, 가족, 친인척들을 한 번 더 만나보는 것이 바람직한 자세라고 생각했다. 그리고 나서 몸이 정상으로 회복되었을 때, 주변 분들을 넉넉한 마음으로 만나는 것이 상대방에게 부담을 주지 않는다는 것도 알았다. 그래야만 서로의 만남이 즐겁고 행복할 것이고, 내 마음도 편할 것으로 생각했다.

내가 대장암과 친구가 되어 일상생활을 정리해 가면서 한 템보 느린 자세로 실천에 옮기니 제2의 인생에 대한 마음 자세가 이제는 조금씩 제자리를 잡아가고 있었다. 이렇게 내 주변 관계를 간소화시키면서 마음을 정리해 나가고 있던 차에 전·현직 직장 모임이 있다는 연락을 총무로부터 받았다. 그래서 이 모임에 나갈 것인지 안 나갈 것인지 갈등이 생겼다. 나는 우선적으로 대장암 치료에 만전을 기하겠다고 결심하고 외부활동을 자제하고 있었는데, 만약 이런 실천 의지를 외면하고 외부활동을 넓힌다는 것이 현재 내 입장에서 정신적으로나 육체적으로 도움이 되는 것인가? 안 되는 것인가? 많은 생각과 고민을 거듭해 보았다. 업무와의 관계가 끊겨도 진정한 우정을 지속적으로 두텁게 해 나갈 수 있는 것일까? 정말 그럴까?

고민 끝에 '그렇지 않을 것 같다.'고 판단해서 모임에 나가지 않기로 결정했다. 즉, 내 병이 완치 판정을 받아 정상적인 사회 활동이 가능할 때까지는 서로 애정을 갖고 희로애락(喜怒哀樂)을 스스럼없이 나눌 수 있는 사람만 선정하여 교제하는 것이 좋을 것 같다고 결론을 내렸다.

따라서 직장생활을 하면서 알고 지내던 많은 사람들을 모두 포용하기보다는 향후 30년 동안 우정을 변치 않고 평생 같이 갈 수 있는 친구 한 명이라도 더 확실하게 하는 것이 더 중요하다고 판단했다. 그래서 현재까지 지켜 온 우정을 계속 유지할 수 있는 가까운 지인과 친구들로 한정하여 만남을 자주 하기로 결정했다. 그리고 그들이 내 입장을 이해해주기를 바라지 말고 내가 먼저 그들의 입장을 이해하고 포용하면서 더 가까이 다가갈 수 있도록 노력하기로 마음먹었다.

 서로 마음을 편하게 소통할 수 있는 지인, 친구들과 행복하고 즐거운 나날을 보낼 수 있다면 외연을 넓혀 많은 사람을 아는 것보다 훨씬 좋을 것으로 생각했다. 이렇게 하면 어떠한 많은 재산과 명예, 지위를 가지고 있는 것보다 부러울 것이 없다는 결론을 내렸다. 그러므로 지금은 무엇보다도 건강회복이 최우선이므로 대장암이란 친구가 요구하는 조건들에 만족하도록 많은 시간을 투자하기로 했다. 다만, 사회적인 소외감과 우울증에 빠지지 않도록 그동안 바쁜 생활 속에 만남이 뜸했던 고등학교 동창 모임인 '송이회', 군대 친구 모임인 '63포 전우회', 직장 모임인 '라비돌'과 '공진 젊은 청춘' 등에 조금 더 친숙하게 다가가 우정을 돈독히 하기로 했다. 그리고 가능한 부부가 함께 모일 수 있도록 발전시켜 나가는데 내가 먼저 솔선수범하고 있다.

앞으로 30년은 매우 중요한 시기이다. 그동안 살아온 인생을 밑거름으로 앞으로 살아가야 하는 인생을 아름답게 마무리하기 위해서는 내 자유시간을 많이 갖는 것이 매우 중요할 것 같다. 남의 주변 분위기에 맞추기 위해 분주하게 움직이는 것보다 조용히 내 시간을 많이 만들어 참다운 인간이 되는 길을 찾아 조금 더 가까이 다가가는 것이 좋을 것 같다.

참다운 삶이란 내 삶을 충실하게 하고, 부모를 공경하고, 아내와 자녀들을 잘 보살피고, 형제, 동서(처남), 사돈 간의 우애를 돈독히 하며, 그동안 우정을 쌓아 온 지인·친구들과의 친분을 잘 유지해 내 삶이 다 할 때까지 같이 가는 것이다. 더불어, 시간이 허락된다면 내 주변 이웃과 마주치는 사람들에게 따뜻한 마음과 편안한 자리가 되도록 '무재칠시(無財七施) - 안시, 심시, 화안시, 신시, 방사시, 언사시, 상좌시(眼施, 心施, 和顔施, 身施, 房舍施, 言辭施, 狀座施)'를 베풀 수 있도록 최선의 노력을 다하는 것이 참다운 삶이 아닐까 생각한다.

소일거리 창조

　　　　　　　퇴직 후에는 내 자유시간을 어떻게 소일하며 보내는 것이 가장 바람직한 방법일까? 대장암 친구를 옆구리에 차고 현재 내 건강 상태를 체크하면서 집 뒤편에 있는 불곡산을 산책하는 가운데 많은 생각을 했다. 이론적으로는 자유시간이란 직업상의 일이나 필수적인 가사 활동 외에 소비하는 시간을 의미한다. 즉, 일하기, 사업하기, 먹기, 잠자기, 집안일 등과 같은 의무적인 활동을 제외한 시간을 자유시간이라 한다. 나는 외부활동에서 많은 것을 내려놓은 상태인지라 어느 누구보다 많은 자유시간을 효율적으로 잘 관리해야만 대장암으로 인한 죽음의 공포와 우울증을 막고 빠른 건강회복을 할 수 있다고 생각했다.

　이러한 자유시간은 일반적으로 동적인 활동과 정적인 활동으로 구분되는데, 동적인 활동으로는 걷기, 골프, 등산, 자전거 타기, 여행 등이고, 정적인 활동으로는 독서, 서예, 바둑, 손자들과 놀아주기, 영화 및 텔레비전 보기 등을 하고 있다. 이것 외에도 퇴직 후에 얻은 많은 내 자유시간을 효과적으로 활용하기 위한 지금도 소일거리 창조에 많은 노력을 아끼지 않고 있다.

내가 제일 먼저 창조한 소일거리는 아침 일찍 일어나 의자에 앉아서 30분 정도 명상을 하고, 아침, 점심, 저녁 식사 후에는 가벼운 산책을 하거나 러닝머신을 각각 15분 정도씩 1.5km 걸어 하루에 총 6km 이상을 특별한 일이 없으면 실행하는 것이었다. 그리고 나서 독서하고, 좋은 글귀나 명언이 있으면 정성을 담아 붓글씨를 쓴다. 집 앞마당에 있는 정원을 관리하고 불곡산을 산책하는 것도 소일거리 중 하나이다.

내가 자주 산책하는 불곡산은 대문을 나서면 바로 산책로와 연결되므로 내 정원이나 다름없다. 불곡산 정원에는 굴참나무, 소나무, 밤나무, 상수리나무, 서어나무, 팥배나무, 떡갈나무, 노린재나무, 층층나무, 신갈나무, 진달래, 벚나무 등이 울창하게 자라고 있어 봄, 여름, 가을, 겨울 4계절마다 옷을 갈아입고 나를 반겨준다.

봄에는 추운 겨울을 이겨내고 진달래, 벚꽃, 산수화가 피고 야생 꽃들이 낙엽 사이를 비집고 나와 꽃망울 터뜨리는 것을 볼 수 있다. 긴 겨울잠에서 깨어난 끈질긴 식물의 생명력에 대한 감탄을 자아내게 한다. 여름에는 산책코스에 놓인 의자에 누워 하늘을 쳐다보면 바람결에 정처 없이 떠가는 구름을 바라볼 수 있고, 시원한 바람과 졸졸 흐르는 물소리를 들을 수 있어 자연 속의 조화로운 정감을 느낀다.

가을에는 오색 단풍잎이 울긋불긋하게 변신하여 내 눈을 즐겁게 한다. 오솔길을 산책하다가 벤치에 앉아 있으면 나무 사이로 햇살의 따뜻함을 느끼고, 나뭇가지 사이를 오가며 서커스 하는 다람쥐와 청솔모의 재롱도 볼 수 있다. 간혹가다가 고라니가 산골짜기 사이에 고인 샘터에 내려와 목을 축이는 모습도 볼 수 있는 행운도 따른다. 이런 날에는 내 마음이 더욱 포근해져서 매우 즐겁고 행복하다. 성남 누비 길에는 간간히 떨어져 있는 잘 익은 야생 밤들이 있어 이것을 주워 까먹으며 걸으면 정말 꿀맛 같다.

겨울에는 하얀 눈에 덮여 강원도 대관령 설악산의 눈꽃 축제만큼 아름답다. 굳이 강원도까지 가지 않아도 될 정도로 매우 아름다운 곳이다.

소나무, 밤나무, 상수리나무, 벚꽃 등 여러 종류의 나무들로 울창하게 조성된 불곡산의 숲이 우리에게 주는 혜택은 많다. 먼저, 숲 속의 나뭇잎은 ha당 12톤의 산소량을 방출하고 16톤의 탄산가스를 흡수해 사람이 숨 쉬며 살아갈 수 있게 하고, 먼지 3.7만 톤과 이산화탄소 900만 톤, 아황산가스 5.7만 톤을 흡수하는 역할을 한다, 이런 숲이 1년 동안 우리에게 베푸는 혜택은 국민 총생산의 10%에 상당하며, 국민 한 사람에게 돌아가는 혜택은 78만 원에 상당한 것으로 알려져 있다.

더불어 숲은 햇볕을 막아주고 태양 복사열을 차단하여 도심을 보다 시원하게 해주는데 나무 한 그루가 하루 360g의 물을 뿜어내어 50㎡형 에어컨 8대를 5시간 동안 가동하는 효과를 낸다는 것이다. 우리 가까이에 있는 나무와 숲이 얼마나 많은 혜택을 주는지 알게 되면 정말 놀랍기만 하다.

나는 육체적·정신적인 힘을 이용한 동적인 활동으로 가끔 친구들과 자전거 타기, 골프, 등산을 즐기고, 가족과 함께 드라이브하면서 맛집 여행을 즐긴다. 퇴직 이후, 나는 매년 일정한 금액을 여행경비로 비축해 놓고, 내 나이 75세가 되기 전까지는 거리가 먼 나라(영국, 프랑스, 독일, 스웨덴, 스위스, 이탈리아, 스페인, 모로코, 체코, 슬로베니아, 크로아티아, 보스니아, 미국, 캐나다, 멕시코, 중동, 두바이, 호주, 뉴질랜드 등)인 유럽 지역과 미주 지역 등을 위주로 해외여행을 다니는 계획을 세워 놓고 실천하고 있으며, 75세가 넘으면 가까운 동남아 지역과 국내 맛집 여행을 다니는 계획을 세우고 꾸준히 실행해 나가고 있다.

정적인 활동인 독서는 『논어』, 『명심보감』, 『선비』, 『탈무드의 지혜』, 『인연』, 『물소리 바람소리』, 『한사람은 모두를 모두는 한사람을』, 『텅 빈 충만』, 『버리고 떠나기』, 『생각 버리기 연습』, 『농부철학 피에르 라비』, 『대화』, 『아름다운 삶』, 『사랑 그리고 마무리』, 『신화의 숲에서 리더의 길을 묻다』, 『육식의 종말』, 『무탄트 메시지』, 『월드』, 『식물의 정신세계』, 『생각의 융합』, 『슬로 라이프』 등 자연과 조화롭게 생활하는 데 도움을 주는 책을 위주로 읽고 있다.

최근에는 법정 스님이 사랑한 50권의 책들을 구독하고 있다. 또, 하나는 내 집 가까이 사는 딸이 외손녀를 데리고 집에 자주 놀러 와 외손녀와 산책하고 놀아주는 것도 하나의 소일거리이다. 그리고 시간이 남으면 인터넷 바둑을 즐기고 텔레비전을 통해 영화를 본다.

우리 삶의 질 향상은 우리에게 주어진 자유시간을 어떻게 적극적으로 활용하느냐에 따라 결정된다. 왜냐하면, 그 시대, 지역, 민족 등에 따라 개인한테 주어지는 시간과 즐기는 방법에 많은 차이가 있기 때문이다. 그러므로 자유시간을 명확하게 한마디로 '이렇게 활용해야 한다.' 고 규정짓기는 매우 힘들다. 즉, 우리 자신의 고유 장점을 살려 자유시간을 잘 활용해야 노후에 즐겁고 행복한 삶을 살 수 있다.

우리는 무한정 살기 어려우므로 우리가 퇴직한 후에 맞이하는 자유시간은 생각보다 그리 많지 않다. 그래서 나는 자유시간을 자발적으로 내 위치에 맞게 경제적, 시간적 여건을 고려해서 계획을 수립, 운영하고, 이를 효율적으로 활용할 수 있는 방법을 개발하고 만들어 왔다. 즉, 나는 내 삶을 풍요롭게 하려고 가능한 많은 시간을 혼자 있도록 의도적으로 노력한다. 이렇게 함으로써 내가 의도적으로 만든 자유시간을 효율적이고 생산적으로 활용하여 행복하고 즐거운 삶을 살 수 있다고 생각하기 때문이다.

『논어(論語)』 옹야(雍也) 편에 공자가 말씀하신 "아는 것은 좋아하는 것만 못하고, 좋아하는 것은 즐기는 것만 못하다(知之者 不如好之者 好之者 不如樂之者)."라는 것과 같이 많이 알고 좋아하는 것보다 하나라도 즐기도록 실천하는 것이 내 삶에 있어서 진정한 활력소가 되는 것이다.

내가 최근에 발견한 소일거리는 평생교육이다. 대장암을 친구삼아 독서, 서예, 산책, 정원 가꾸기, 자전거 타기, 골프 등으로 소일하던 중 사위가 사다 준 이근후 이화여대 명예교수가 쓴 『나는 죽을 때까지 재미있게 살고 싶다』라는 책을 읽으면서 나도 그동안 부족해서 항상 안타까워했던 영어공부를 더 해 보자고 마음을 먹었다. 그래서 한국방송통신대학교 영어영문학과 2학년에 편입을 해서 평생교육을 할 수 있는 소일거리를 찾은 것이다.

이 책의 줄거리는 70세가 넘은 나이에 사이버 대학을 들어가 1등 수석으로 졸업한 이근후 교수의 이야기다. 그는 생사를 15번이나 넘나들면서 겪은 얘기와 정신과 심리치료를 하면서 배운 인간의 심리를 적절히 묘사하여 나를 감동시켰다. 특히, 고상하게 나이먹고 가능한 한 재미있고 보람된 삶을 살기 위한 목표를 가지고 사는 것이 좋겠다는 내용이 귀감이 되었다.

나이가 많아 꾀병 부리고 빈둥빈둥 시간만 보내는 일은 정말로 아까운 시간을 낭비하는 것이다. 이런 계기로 시작한 평생교육에서 나 역시 우수학생으로 장학금을 두 번 받으며 한국방송통신대학교 영어영문학과를 졸업함으로써 이공계 전기공학과와 인문계 영어영문학과 학사학위 두 개를 얻었다. 영어영문학과 졸업 기념으로 바로 내 인생역전 드라마인 이 책을 쓰는 계기가 되었다.

여기에 영어영문학과에서 배운 영국의 낭만주의 시인 셸리(Percy Bysshe Shelley)가 지은 '종달새에게(To a Sky-lark)'라는 영문 시 일부를 적어 본다. 이 시는 셸리가 종달새의 노래를 듣고 큰 기쁨을 느끼면서 쓴 것으로 하늘 높이 솟아올라 그 가시적인 모습은 보이지 않지만 노래만으로서 짐작되는 종달새의 존재는 인간의 경험 가능성을 넘어서는 순수한 환희의 상징으로 인식된다. 또한, 이 새는 현실의 질곡을 벗어난 완벽한 영혼(perfect soul)의 상징이 되고, 나아가 시인이 추구하는 영감을 받은 시인의 온전한 상징이 된다.

여기에 소개하는 첫 단락은 총 105행으로 구성된 것 중 30행까지만 지면상 소개하는데, 내용은 하늘 높은 곳에서 종달새의 풍성한 노래가 들린다는 것이다. 그 새는 눈에 보이지 않는 존재이므로 이 지상의 시인과는 거리가 있음을 나타낸 것이다.

To a Sky-lark

Hail to thee, blithe Spirit!

Bird thou never wert -

That from Heaven or near it

Pourest thy full heart

In profuse strains of unpremeditated art.

Higher still and higher

From the earth thou springest,

Like a cloud of fire;

The blue deep thou wingest,

And singing still dost soar, and soaring ever singest.

In the golden lightning

Of the sunken Sun,

O'er which clouds are brightning,

Thou dost float and run,

Like an unbodied joy whose race is just begun.

The pale purple even

Melts around thy flight;

Like a star of Heaven,

In the broad day-light

Thou art unseen, but yet I hear thy shrill delight -

Keen as are the arrows

Of that silver sphere

Whose intense lamp narrows

In the while dawn clear,

Until we hardly see, we feel that it is there.

All the earth and air

With thy voice is loud,

As when Night is bare,

From one lonely cloud

The moon rains out her beams, and heaven is overflowed.

종달새에게

오, 반갑다, 쾌활한 정령이여! 너는 결코 새가 아니리라 - 하늘에서 하늘 가까이서 벅찬 마음을 쏟는 자여, 즉흥적 기교의 풍성한 노래로.

더 높이 더욱더 높이 대지로부터 너는 솟아오른다, 불의 구름 마냥; 푸른 하늘을 너는 나르며, 한결같이 노래하며 솟아오르고, 솟아오르며 노래한다.

구름이 위에서 광채를 발하는, 저무는 태양의 황금빛, 번개 불 속에 너는 뜨면서 달린다, 지금 막 달리기를 시작한 육체를 벗어난 기쁨처럼.

희미한 자줏빛 저녁은 나는 내 모습 주위에 녹고; 하늘의
별처럼, 넓은 대낮에 너는 눈에 띄지 않지만, 여전히 나는
네 날카로운 환희를 듣는다 -

저 은빛별의 날카로운 그 별의 강렬한 빛은 맑고 흰 새벽
에 희미해져, 마침내 거의 볼 수 없게 되나, 우리는 별이
거기 있음을 느낀다.

온 대지와 하늘이 목소리로 요란하다, 마치 청명한 밤에,
외로운 구름 한 점으로부터 달이 빛을 비 내려, 온 하늘이
홍수가 지듯.

나는 지금도 가끔 주변 사람들로부터 아직 일할 나이이고 무료
한 시간을 보내기도 힘들지 않냐는 질문을 받는다. 그러면서 다시
직장생활을 하는 것이 어떻겠느냐는 제안을 받기도 한다. 그때마
다 나는 허균이 지은 『숨어사는 즐거움』이라 책 속에서 자연과 함
께 사는 삶의 여유와 지혜 중에서 '선비란 살면서 세상을 경영하는
포부를 갖는 법인데, 마음과 일이 어긋나거나 공적과 시대가 맞지
않거나 몸이 쇠하여 일에 권태롭거나 하면 관직을 물러나는 것이
자기 허물을 잘 고치는 것' 이라는 말이 생각났다. 그래서 갑자기
내게 찾아온 대장암을 계기로 승진과 재물, 권력에 대한 욕심을 버
리고 공직자에게 주어지는 무거운 짐을 많이 내려놓았다. 그리고

바람결이 이끄는 대로 자연인으로 돌아가 평온한 마음으로 남은 여생을 보내기로 마음을 굳혔다고 말하곤 한다.

따라서 나는 현재와 같이 자연인으로 자연의 품속으로 돌아가 청정하게 머물면서 평생 일신이 욕되지 않게 살겠노라고 하면서 나시 일하는 권유를 고사했다. 인생은 마음이 가는 대로 사는 것이 보람된 것이다. 또한, 삶을 완전히 통달한 사람은 없고, 누구나 인생으로서 미완성 작품이다. 그러므로 '자연의 순리에 맞춰 나그네처럼 주어진 여건 속에 최선을 다하고 소일하면서 바람이 부는 대로 산다면 어느 누구에게도 부끄럽지 않은 삶이 아니겠는가?' 하는 생각을 늘 가지고 있었다. 그래서 지금은 이런 생각을 실천하고 있다. 그리고 내게 주어진 남은 여생 약 30년을, 가능한 많은 시간을 자연과 함께 조화롭고 평화롭게 살아가도록 노력하고 있다.

평화롭고 자유롭게 맞이하는 노후 생활

미국 메릴랜드 볼티모어에 있는 존스홉킨스 대학교에서 사회과학자들이 48개 대학 7,948명의 학생들을 대상으로 실시한 설문조사에서 자신에게 '가장 중요한 것' 이 무엇이냐는 질문에 16%의 학생들이 '돈을 많이 버는 것' 이라고 대답한 반면, 78%의 학생들은 첫 번째 목표가 '자기 삶의 목표와 의미를 찾는 것' 이라고 대답했다고 한다.

나는 누구인가? 어디에서 왔고 어디로 가고 있는가? 내가 바라는 꿈은 무엇이며 어떻게 해야 이 꿈을 성취할 수 있을까? 하는 질문은 자아를 형성하는 청소년기에만 필요한 것이 아니다. 나이를 먹어감에 따라 내가 누구인지, 무엇을 어떻게 해서 즐겁고 행복한 노후를 맞이할 것인지를 매일 고민하고 해결책을 찾아야 한다고 생각했다. 이런 해결책을 찾아야만 얼마 남지 않은 삶에 대한 보람을 느낄 것이기 때문이다. 즉, 내게 주어진 여건에 맞게 내 삶의 방향을 자유롭게 선택하고 결정해야겠다고 생각한 것이다.

내가 선택 결정한 것에 대하여는 결과에 승복할 줄 아는 지혜를 갖고 절대로 남 탓하기보다 내 탓으로 돌릴 줄 아는 책임감도 또한 지녀야 한다. 그래서 나는 지금 나 자신이 신중하게 고민하여 선택·결정한 것에 대하여 최선을 다하고 몰입해 생을 마감하는 날까지 건강하고 행복하게 살아갈 수 있도록 세부 실천계획을 수립해 행동으로 옮기고 있다. 그리고 어려운 난관이나 장벽과 직면한다면 청소년 때부터 지금까지 해 왔던 것처럼 용기와 인내로 어려운 문제들을 극복해 나가기로 했다.

우리의 삶이 보람되고 행복해지기 위해서는 현실에 안주하지 말아야 한다. 그리고 현재보다 나은 삶을 위해 낙천적이고 긍정적인 사고를 가져야 한다. 즉, 자신의 무한한 가능성을 의심하는 부정적인 사고를 갖고 포기하거나 주변 환경 또는 나이를 한탄하면서 현실에 안주하려는 안전 지향적인 사고를 가지면 안 된다. 이런 사고를 가지고 있다면 자신의 희망과 꿈을 이루지 못하고 불안한 노후를 맞이할 수밖에 없는 것은 불 보듯 뻔한 이치이다.

그러므로 나는 현실보다 나은 아름답고 행복한 삶을 영위해 나가기 위해서 나 자신의 위치와 위상을 명확하게 성찰하여 다툼이나 분쟁이 있는 곳을 피하고, 피할 수 없는 처지라면 자연의 섭리와 하늘의 뜻을 마음속 깊이, 신중하게 고심하여 중용의 길을 지켜나갈 수 있는 능력을 키워나가고 있다.

법정 스님은 "마음을 비우고 현재보다 소박하고 단순한 생활을 하면서 평화롭고 자유로운 사람이 되는 것이 좋겠다." 고 말씀하셨다. 나는 이런 생각에 동감한다. 물질적인 욕심을 버리고 마음을 비우면 비울수록 신선하고 새로운 삶이 충만하게 되기 때문이다. 또한, 자연과 더불어 자신만의 세계를 맘껏 누리며 여생을 행복하고 즐겁게 영위해 나갈 수 있을 것이다. 이태백(李太白)은 시에 '청풍명월은 일전이라도 돈을 들여 사는 것이 아니다(淸風明月不用一錢買).' 라고 적었다. 소동파의 적벽부(赤壁賦)에서는 '저 강상(江上)의 맑은 바람과 산간(山間)의 밝은 달이여, 귀로 들나니 소리가 되고 눈으로 보노니 빛이 되도다. 갖자 해도 금할 이 없고, 쓰자 해도 다 할 날이 없으니, 이것은 조물(造物)의 무진장이다.' 라고 했다. 우리는 주위에 널려 있는 자연(해와 달, 구름, 비와 눈, 나무와 식물, 새와 동물 등)과 함께 더불어 존재하는 것이다. 그러므로 나는 항시 자연의 섭리에 순응하는 자세가 내 몸에 익숙해지도록 훈련을 거듭해 나가고 있다.

노후의 삶은 나이에 비례하여 달려가는 자동차의 속도와 같다고 한다. 그래서 나는 나이가 들수록 하루하루가 의미 없이 빨리 지나가지 않게 하려고 내 주변 관계를 단순화 또는 간소화시키고 많은 시간을 산책과 사색을 즐기면서 자연과 더불어 바람결에 내 몸과 마음을 맡기고 있다. 이렇게 함으로써 나이의 속도에 비하여 여유롭고 평화로운 노후를 보낼 수 있다는 것을 깨달았다. 그러면 내 남은 시간의 속도에서 벗어나 아주 천천히 내 삶을 즐길 수 있기 때문이다. 즉, 나이가 들어갈수록 빠르거나 바쁜 것보다 느리고 느긋한 것이 좋고, 복잡하거나 번잡한 것보다 단순하고 간소화된 것을 좋아하게 되는 것이 삶의 이치가 아니겠는가?

우리에게 주어진 신체 시간은 100세를 넘기 힘들지만, 시간은 세계 이디에서나 일정하고 균등하여 우리가 멈춰주기를 원한다 할지라도 기다려 주지 않고 끊임없이 앞으로 전진 전진만 계속한다. 그런데 우리는 왜 그렇게 모든 일들을 재촉하는가? 재촉한들 시간은 일 초도 빨리 가게 할 수 없다. 그렇다고 늦출 수도 없다. 신체 시간은 틀림없이 앞으로 나아가 우리의 수명을 단축시키는 것밖에 없다는 것을 왜 모르는가? 노인이 되면 청년이나 장년과는 달리 신체적, 정신적으로 약화되어 유아와 같이 다른 사람들로부터 보호나 간호를 받아야 한다. 즉, 움직이는 것도 둔해지고 사리판단도 흐려져 주변 사람들의 도움이 절실해지는 시기이다. 그러나 늙어간다는 것은 인간 어느 누구나 때가 되면 겪어야 하는 자연의 순리라는 것을 깨우치는 것이 중요하다.

고은 시인의 시 중에 '내려갈 때 보았네. 올라올 때 못 본 그 꽃'처럼 나는 공부와 가정을 지키기 위해 바쁘고 열심히 살아오면서 젊었을 때 느끼지 못했던 삶의 아름다움과 풍요로운 것들을 노후에 느끼려고 한다. 그러면서 자녀들에게, 손자들에게, 이웃에게 내가 느낀 것을 전해주며 자연과 함께 사는 풍요로움을 만끽하는 것도 내 삶에 필요하지 않을까 생각한다. 또한, 노후를 아름답게 살아가기 위해서 나는 가능한 한 가볍게 많이 움직이며 건강을 유지하고, 마음에 풍요로움을 주는 좋은 책을 많이 읽고 있다. 그리고 자녀 또는 아랫사람들에게 말보다는 행동으로 모범된 삶을 보여주고, 현실을 비관적 또는 비판적인 자세보다 낙천적이고 긍정적인 자세로 바라보면서 과거에 누렸던 좋은 것들에 너무 집착하지 않고 현재 내가 살아 숨 쉬고 있음에 감사하며 살고 있다.

1998년 미국 듀크 대학 병원의 해럴드 쾨니히와 데이비드 라슨이라는 두 의사가 실험 연구한 결과에 의하면, 매일 감사하고 사는 사람들은 그렇지 않은 사람보다 평균 7년을 더 오래 산다는 사실을 밝혀냈다. 그러므로 나 역시 매일 기뻐하고 감사하며 살아간다면 몸과 마음의 건강을 잘 유지해 나갈 것이라 믿는다.

우리가 산에 올라갈 때는 온 힘을 다하고 긴장해서 산 정상까지 다치지 않고 잘 올라가지만, 내려올 때는 힘도 안 들고 긴장이 완화되어 가벼운 마음으로 내려오다가 다치는 경우가 많다. 우리의 삶도 마찬가지이다. 청소년기와 장년기에는 일과 가정을 지키기 위해 열정과 열의를 가지고 삶의 목표를 향해 온 정성을 다해 살고 긴장하기 때문에 건강을 잘 유지한다. 하지만 노년기에는 퇴직하고 나서 오는 권태감과 게으름, 나태함으로 정신 자세가 완화되고 신체적 약화로 건강상에 많은 문제가 발생한다.

따라서 노후에 아름다운 황혼을 즐기기 위해서는 젊었을 때처럼 불같은 열정과 성의를 가지고 정신적·신체적·정서적으로 더욱 강화해 나가겠다는 마음 자세를 가져야 할 것이다. 그리고 자신의 나이와 생활 수준에 맞게 주변 사람이나 자신의 존재를 더 많이 아끼고 귀중히 여기고, 주변 사람들에게 덕(德)과 자비(慈悲)를 베풀며 살아가는 모습이 노후의 진성한 아름다움이 아니겠는가? 나는 이런 평화롭고 자유로운 노후의 아름다운 모습을 주변에서 자주 볼 수 있기를 바란다.

삶과 죽음에 대한 명상

'나'라는 존재는 우주계의 약 1,000억 개의 별 중 하나인 태양계와 공전하는 지구에 사는 유일한 존재인 것이다. 또한, 지구 전체 인구 74억 명 중 한 사람으로 살아 숨쉬고 있을 때만이 유일한 현실 속에 생존해 있는 존재일 뿐이다. 내가 죽으면 심장 고동과 호흡 운동이 정지되어 생명활동을 할 수 없는 상태가 되는 것이다. 내가 살아 있으므로 사고하고 행동하면서 스스로 결정·판단한 것에 책임을 지는 사회적 공동체의 일원인 것이다.

따라서 내 삶의 목표는 살아 있는 동안에 참다운 삶을 위해 전진하려는 생각과 행동으로 실천하고 모든 행위에 대하여 타인의 간섭과 지배로부터 자유롭게 하여 내 정체성과 유일한 존재의 가치를 높여 나가는 것이다.

즉, 현세에서 유한적인 삶을 사는 유일무이한 내 존재에 대해 존엄성과 가치를 스스로 인정하는 것과 더불어 약자, 병든 자, 가난한 자, 부족한 자 모두를 나와 같이 인정하여 교만하지 않은 자세를 취하고, 가진 자, 권력자, 건강한 자, 유명한 자 등 나보다 우월한 자 역시 마찬가지로 스스로 자부심을 갖고 비굴하지 않게 동등하게 대하되 나를 낮추는 자세로 임해야 하는 것이다.

우리는 살아있는 동안 "진인사 대천명(盡人事 待天命)"이라는 말과 같이 사람으로서 할 수 있는 일을 다 한 후에야 하늘을 올려다 볼 수 있는 자격이 생겨난다는 것이다. 그 다음의 결정은 사람의 몫이 아닌 하늘의 몫인 것이다. 농부는 봄에 씨를 뿌리고 밭을 갈고 잡초를 뽑아주면서 농사를 짓고 가을이 되어 수확을 한다. 그리고 풍년이든 흉년이든 하늘에 감사하고, 설령 풍년이 아니더라도 내년을 기약하며 하늘의 뜻으로 겸허히 받아들이는 사람이 분명 행복해질 수 있다는 것이다. 즉, 하늘이 할 일이 있고 사람이 할 일이 있다는 것이다. 하늘이 사람이 할 일까지 대신해 주지도 않거니와 사람이 하늘이 할 일을 대신 하지도 못한다.

『명심보감』 순명편(順命篇)에 공자께서 '이르시기를 죽고 사는 것은 운명에 있고 잘 살고 귀하게 되는 것은 하늘에 달려 있다(子曰, 死生有命 富貴在天)'고 했다. 이 말은 '하늘은 스스로 돕는 자를 돕는 것'이지 제 할 일을 하지 않는 사람까지 돌봐주지 않는다는 것이다. 자신이 할 수 있는 모든 정성과 열의를 다하고 나서 죽고 사는 문제와 부자가 되고 귀하게 되는 것은 하늘의 뜻에 맡기는 것이다. 그러면 하늘은 결코 외면하지 아니하고 모든 정성과 열의를 다한 자에게 복으로서 보답한다는 것이다.

그러나 자신의 재능과 능력을 믿고 불철주야 노력해도 성공하지 못하는 것은 하늘의 뜻과 어긋남이 있다고 보는 것이다. 이 말은 어떤 사람이 남 못지않게 열정과 열의를 가지고 재능과 능력 범위 내에서 열심히 노력하였음에도 성공하지 못한 사람들도 아주 많다는 것을 기억해야 한다는 것이다.

한마디로 말해서 태어날 때 어려운 상황이 죽음이 임박할 때까지도 별로 달라지지 않으므로, 하늘을 원망하는 경우도 종종 있다는 것이다. 그래서 이런 상황을 바꿔 보려고 분수에 맞지 않게 경거망동(輕擧妄動)한 행동을 하다가 죄를 짓거나 가산을 모두 탕진하여 패가망신하는 경우가 생기는 것이다.

그러므로 자신의 위치에 맞게 분수를 지키고 자신이 타고난 운수대로 겸허하게 만족하는 자세로 살아야 한다. 그러면 경우에 따라서 하늘의 뜻과 맞아 떨어져 우연한 일로 부귀를 만날 수도 있고 오래 살 수도 있다. 즉, 우리 인간이 바란다고 모두 될 수 있는 일은 아니라고 믿고 사는 것이 하늘의 무한성과 인간의 유한성을 아는 사람이 사는 방식이다.

내 주변 환경이 아무리 어렵고 힘든 고난과 고통 속에 놓여 있다 하더라도 내가 살아가야 하는 이유는 부모로서, 남편과 아내로서, 자녀로서 태어날 때부터 주어진 책무가 있어서 절대 삶을 포기하지 않은 것이다. 왜냐하면, 내 삶을 포기한다는 것은 내게 주어진 책무를 다하지 않겠다는 무책임한 행동이기 때문이다. 즉, 가난하게 태어나 큰 부자 또는 중류층 이상의 작은 부자가 되지 못하고, 가난한 삶으로 마감할지라도 내 삶에 최선을 다하며 주어진 여건에 만족하면서 바람결에 맡겨 살아왔다면 후회 없는 삶을 살았다고 생각하기 때문이다.

따라서 나는 분수에 넘치는 이상적인 희망과 꿈보다는 이상과 현실의 중간 정도에 해당하는 희망과 꿈을 꾸며 이를 실현하는 데 온 힘을 다해 왔고, 앞으로도 그렇게 살아갈 것이다.

여기서 이상과 현실의 중간 정도란 '중용(中庸)'을 말한다. 즉, 중용(中庸)이란 어느 한쪽으로 치우치지 않는 중간 입장에서 말하고 행동하는 것이다. 나는 이 단어를 상당히 좋아한다. 국어사전에서는 중용이란 '지나치거나 모자라지 아니하고 한쪽으로 치우치지도 아니한, 떳떳하며 변함이 없는 상태나 정도를 말한다. 동양 철학의 기본 개념으로 사서의 하나인『중용(中庸)』에서 말하는 도덕론은 지나치거나 모자람이 없이 도리에 맞는 것이 '중(中)'이며, 평상적이고 불변적인 것이 '용(庸)'인 것이다. 아리스토텔레스의 덕론(德論)의 중심 개념상으로는 이성으로 욕망을 통제하고, 지견(智見)에 의하여 과대와 과소가 아닌 올바른 중간을 정하는 것을 말한다.

내가 중용을 좋아하는 또 하나의 이유는 개인의 이상(理想)에 너무 치우치지 않고 사회 공동체가 추구하는 이상(理想)의 가치도 생각하면서 현실에 맞게 이들과 조화롭게 부합되도록 노력하는 것이기 때문이다. 이런 것을 말하고 실천으로 옮겨 내 삶을 영위해 가는 것이 참다운 삶이고 성공적인 삶이라고 나는 생각했다.

내가 존재하고 살아 숨 쉬고 있는 현 상태에서 내가 가지고 있는 물질적·정신적·정서적인 것들에 만족하고 사는 것이 참다운 삶이라고 본다. 즉, 허무맹랑한 희망과 꿈이 아닌 실현 가능한 희망과 꿈을 꾸며 앞으로 조금씩 전진하는 것이 올바른 삶을 대하는 자세라고 생각한다. 니체는 "왜 살아야 하는지 아는 사람은 어떤 어려움도 참고 견딘다." 라고 했다.

빅터 프랭클은 『죽음의 수용소』에서는 자신이 나치의 강제수용소 아우슈비츠에 잡혀갔을 때 집필 중이던 원고를 빼앗겼고, 그 원고를 다시 쓰고 싶다는 열망을 갖고 있었다고 한다. 그래서 그는 가혹한 환경 속에서도 나중에 쓸 때 필요한 내용을 작은 종이 속에다 수없이 메모하면서 죽음의 고비를 넘기면서 살아남았다고 밝혔다.

삶은 살아 있는 어느 누구를 통해서든 우리에게 말을 건넨다. 전혀 교육을 받지 않거나 우리말을 모르거나 병들거나 죽어가는 사람, 심지어 어린 아기를 통해서도 지혜를 들려주기도 한다. 때로는 한마디 말을 하지 않고서도 많은 이야기를 들려주기도 한다. 자신을 결코 스승이라고 생각하지 않는 사람들에게서도 인생에 대해 참 많은 것을 배운다.

삶에 완전히 통달한 스승은 없다. 나는 여전히 삶에 대해 배워 나간다. 삶은 누구나 인생으로서 미완성인 것처럼 나 스스로 삶에 귀를 기울이며 생활하고 있다. 공자(孔子)는 죽음보다 삶을 더 중시하면서 살아 있는 사람들끼리의 질서, 즉 윤리 도덕에 더 관심을 가졌다. 제자인 자로(子路)가 죽음에 대해 물었을 때 "삶에 대해서도 모르거늘 어찌 죽음에 관하여 알겠는가(未知生焉知死)!"라고 대답하였다고 한다. 우리가 죽음에 이르기 전에 삶이 앞서 있어 지금 현재 사는 의미를 깨닫게 되면 죽음은 저절로 알게 된다는 것이다. 삶에서 참으로 소중한 것이 무엇인지 알게 되면 완벽함이 아니라 인간적인 것을 추구하게 된다는 것이다.

따라서 우리는 인간 개개인의 고유함을 존중해 주어야 한다. 즉, 각자의 고유한 특성대로 자유롭게 살 수 있도록 해 주는 것이 얼마나 중요한가를 알아야 한다. 우리가 다른 사람의 삶을 진정으로 축복해 주는 방법은 그가 자유롭게 결정할 수 있도록 믿고 기다려 주는 것이다. 스스로 어떤 일을 해 나가도록 지지해 주면서 가만히 어깨동무해 주는 것이다. 우리의 그 믿음이 그의 삶에 커다란 버팀목이 된다.

반면에, 죽음은 심장 고동과 호흡운동이 정지되어 생명활동을 할 수 없고 다시 원상태로 돌아오지 않는 삶의 종말을 뜻한다. 우리는 가난하게 살거나 행복하지 않은 삶일지라도 죽음을 외면하고 어떻게든 살아야겠다는 삶에 대한 애착을 가지고 있다. 혹은 돈이 많거나 행복한 삶을 누리는 경우에도 마찬가지이다. 그런데도 죽음은 언제 어떻게 우리에게 다가오는지 예측 불가능한 것이다.

셸리 케이건의 『죽음이란 무엇인가?』에서는 대부분의 인간은 모두 홀로 죽는다고 말하지만 셸리 케이건은 이것을 의미 있는 주장으로 받아들 수 없다고 한다. 왜냐하면 인간이 죽을 때는 주변에 그를 지켜보는 사람이 있거나 연인이 동반 자살을 하는 경우도 있다는 것이다. 전쟁터에 다른 사람을 돈으로 고용해 참전시켜 대신 죽게 하는 경우도 있다.

그러므로 어느 누구도 자신을 대신해서 죽을 수 없다는 말은 틀리다는 것이다. 또한, 죽음을 맞이하는 모든 사람은 심리적인 외로움과 고독감만 있는 것이 아니다. 왜냐하면 잠을 자다가 외로움이나 소외감을 느낄 새도 없이 죽음을 맞이할 수 있고, 친구들과 재미있게 수다 떨다가 갑자기 트럭이 무시무시한 속도로 달려들어 고통도 느낄 새 없이 순간적으로 죽음을 맞이할 수 있기 때문이다. 또한, 『파이돈』의 소크라테스와 같이 죽음을 앞두고 동료들과 철학 논쟁을 벌이고, 자신이 죽을 거라는 사실을 알면서도 기꺼이

독약을 마신다. 그리고 차분히 앉아서 모든 이들과 작별인사를 나누며 죽음을 맞이하는 그에게는 외로움과 소외감을 찾아볼 수 없었다는 것이다.

죽음은 인간 누구에게나 찾아오는 것이지만 어떤 사람은 80세, 100세 또는 그 이상까지 살 수 있는 반면에, 어떤 사람은 20세, 40세도 넘기지도 못하고 생을 마감한다. 그러므로 나는 언제 어떻게 내 앞에 죽음에 이르게 될지 예측한다는 것은 불가능하고, 어떤 일이 어떻게 일어날지 어느 것 하나 장담할 수 없다. 그러나 이것 때문에 내 죽음에 대한 생각을 잊어버리지 않고 생활을 계속한다면 자칫 내게 남은 나머지 삶의 즐거움을 놓쳐 버릴 수도 있다는 것을 알았다.

따라서 나는 언젠가 살아 숨 쉬다 운명이 다 하여 죽을 것이라는 사실을 받아들이고 지금까지 내가 살아온 것보다 앞으로 남아 있는 삶을 어떻게 살아가는 것이 올바른 삶인지 고민하고 사색을 많이 하고 있다. 이런 사색과 고민을 많이 함으로써 내 행동에 변화를 일으키는 동기가 마련되고, 이런 동기로 인해 내가 살아 있는 동안 행복하고 평온한, 그리고 충만한 삶을 살다가 편안한 죽음을 맞이하도록 준비할 수 있을 것이다. 즉, 내 삶을 아름답게 마무리를 하고 이 세상을 떠나겠다는 자세를 평상시 갖고 생활하는 것이 삶과 죽음을 맞이하는 올바른 자세라고 생각한다.

06

자연인으로
회귀하는 자세

나는 물과 같이 어느 부류와도 동화하고 자연과 함께 조화롭게 융합할 수 있도록 노력하고 있다. 그리고 바람과 같이 말과 행동을 함에 있어 자유롭고 평화로우면서 온화한 자세를 유지하며 전진할 수 있도록 부단히 노력하고 있다. 하늘 아래 밤과 낮이 있고, 땅에는 물과 뭍이 있으며, 인간사에는 남자와 여자가 있어 서로 융합하여 모두가 하나로 통일되는 과정이 있다는 것을 깨닫고 이해할 수 있도록 공부를 게을리하지 않고 있다.

내 감정과 마음을 제어 조절할 수 있는 능력을 배양하고 자연의 섭리를 이해하는 데 꾸준히 많은 노력을 하고 있다. 『단학』에서 본 대로 나는 천지인, 자연인으로서 불곡산을 산행하거나 이른 아침에 명상하면서 '천지 기운이 내 기운이요 내 기운이 천지 기운이고, 천지 마음이 내 마음이요 내 마음이 천지 마음이다.' 라는 경구를 마음으로 다스려 나가는 연습을 숨쉬기와 함께 하고 있다. 즉, 숨을 들이킬 때는 신선한 공기와 함께 새롭게 탄생하는 기분으로 자연과 우주의 신선하고 깨끗한 천지기운을 손끝, 발끝, 머리

등 온몸으로 들이마시고, 내쉴 때는 그동안 내 육체에 쌓인 더럽혀지고 오염된 병든 것들이 온몸 밖으로 나가도록 한다.

어느 날 아침, 나는 봄비 내리는 소리와 새 소리를 들으면서 명상에 잠겼다. 요란하지 않게 조용히 내리는 봄비가 정답게 느껴졌다. 공기 중에 오염되고 부패되어 있는 모든 것들을 빗물과 함께 어머니 같은 대지 속으로 끌어안고 들어간다. 그리고 다시 정화된 신선한 공기로 만들어 하늘과 땅 사이로 내보낸다고 생각하니 우주의 기묘한 원리에 감사해야겠다는 생각을 했다. 그래서 그런지 비가 오는 날, 아무 생각 없이 처마 밑에 떨어지는 빗물 소리를 들으며 집중하고 평정심을 찾으면 그렇게 마음이 편할 수가 없다. 그리고 불곡산을 산책하고 내려오는 중에 땀을 식히기 위해 잠깐 벤치에 앉아 물 소리와 바람 소리, 새 소리를 듣는다. 내 눈앞에서는 청솔모가 나무 위 꼭대기에 신선하게 난 잎과 꽃들을 먹으면서 휘청휘청거리는 나뭇가지 사이로 넘나들며 재롱을 부리는 것을 보고 있으면 몸과 마음이 평화롭게 자연 속의 일부로 돌아간 것 같아 즐겁기도 하고 행복하다.

다람쥐는 청솔모보다 두려움이 많아서 그런지 이곳저곳 두리번두리번 살피면서 도토리, 밤 등을 주워 먹는다. 산비둘기도 나뭇가지에 앉아 있다가 비상하면서 나뭇가지에 달려 있는 꽃들을 따 먹기도 한다. 벤치 주변에서는 겨우내 쌓여 있던 낙엽 사이로 새싹이 고개를 비집고 내밀며 나온다. 이때 나오는 새싹에 맺혀있는 꽃망울 모습은 아름답기 그지없다. 이런 봄꽃의 꽃망울 중에서도 어떤 것은 바로 터질 것 같은 자태를 갖추고 있어 자연의 신비함과 아름다움이 더욱 실감 나게 느껴진다. 그리고 나뭇가지 사이로 떠가는 구름과 드높은 하늘을 바라보고 있으면, 정말로 자연과 친화해 가면서 사는 것이 가장 평화롭고 행복하다는 것을 느낀다.

우리가 가만히 자연 속에서 울려 퍼지는 소리를 귀담아듣고, 눈으로 보고, 마음속으로 상상하면서 자연환경에 파묻혀 있으면 이것이 바로 신선(神仙)이고 천국(天國)이 따로 없구나 하는 생각이 절로 드는 것이다. 인간은 신선한 공기와 먹이를 제공해 주는 식물과 함께 있을 때 가장 행복하고 편안한 기분을 느낀다는 말이 맞는 것 같다.

식물의 잎사귀에는 약 100만 개의 공기구멍이 있는데 이를 통해 이산화탄소를 들이마시고 산소를 내뿜는 광합성 작용으로 인간과 동물에게 산소와 먹이를 제공해 준다. 나뭇잎이 앞뒷면의 기공을 통해 흡수하거나 이파리에 부착시키는데 침엽수 1ha(축구장 크기)의 숲은 연간 30톤 내지 40톤의 먼지를 걸러 내고, 활엽수는 68톤의 먼지를 걸러 낸다. 또한, 도시 한복판에 있는 공기 1L에는 10만 개 내지 40만 개에 이르는 먼지가 있으나, 숲 속의 공기 중에는 먼지가 몇천 개 정도밖에 없어 우리가 생활하는 환경이나 생명활동보다 훨씬 우수한 부분이 많다.

미국의 피터 톰킨스와 크리스토퍼 버드가 공동으로 쓴 『식물의 정신세계』에서는 '식물에게도 영혼이 있음에도 불구하고 그렇지 않은 것으로 알려지게 된 것은 식물이 무능해서가 아니라 인간이 무지하기 때문이다.'라고 했다. 인류가 그렇게 자부해 마지않는 문명의 건설은 식물의 창조직인 생명활동에 비하면 단지 하나의 부산물에 지나지 않는다.

우주선을 쏘아 올리는 업적과 같은 것은 아득한 태고적부터 단지 흙과 빛과 물만으로 생명을 창조해 온 식물의 생명활동에 비하면 얼마나 보잘 것 없는가? 그런데도 인간은 이 우주에서 오직 자기만이 가장 위대한 존재라고 여기고 오만과 아집 속에 살고 있다. 특히, 식물은 인간의 귀에는 들리지 않는 소리, 인간의 눈에는 보이지 않는 적외선이나 자외선 같은 색깔의 파동까지도 구별해 내고 있다. 또한, 식물이 자신의 감정을 인간에게 전한다는 것이다.

어떻든 나는 자연 생태계에 관계를 맺고 있는 인간과 식물·동물들과의 우월성을 떠나 자연인으로서 자연과 함께 조화를 이루며 살고 싶다. 그래서 나는 하늘의 뜻과 자연의 섭리에 순응하며 자연 속으로 평화롭게 돌아가는 꿈을 꾸며 내 삶을 즐기는 방법을 터득해 가고 있다.

내가 성장하면서 부모로부터 보호를 받았고 일을 하면서 가정을 지켜 오는 데 최선을 다하였다면, 마지막 단계는 자연과 더불어 살면서 자연스럽고 평화롭게 아름다운 황혼을 즐기는 방법을 습득하여 실천하는 것으로 생각한다.

즉, 내 삶의 30년은 부모 또는 가족 등으로부터 풍족하거나 풍족하지 않거나 지원을 받으며 자라면서 건강을 지키고 학업에 열중할 수 있도록 보살핌을 받았다. 또 다른 30년은 결혼해서 가정을 꾸려 처와 자식, 가족 등을 위해 열심히 일해 왔다. 마지막 30년은 그동안 보살핌을 받아왔던 부모, 형제, 친인척, 사회, 국가 등을 위해 봉사할 수 있는 계기를 마련하여 즐겁고 평화로운 삶을 유지하면서 자연 속에서 자유롭고 안락하게 삶을 마무리하는 것이다.

결국, 내 삶은 유한적인 존재로서 자연 속의 한 줌의 흙으로 회귀하는 것은 필연적인 것이다. 그러므로 순수한 자연인으로 회귀하는 올바른 길은 해와 달, 구름, 비, 천둥, 번개, 물과 불, 나무와 식물, 새와 동물, 곤충들과 함께 더불어 존재한다는 것을 깨닫고, 내 몸이 자연의 섭리에 순응해 나가도록 훈련을 거듭하는 것으로 생각한다.

아름다운
마무리를 위하여

    나는 이 땅에 태어나서 현재까지 자유롭고 평화롭고 아름다운 황혼을 위해 꿈 너머 꿈을 꾸며 전진해 왔다. 그리고 더욱더 자연과 함께 살아가는 기회를 많이 만들려고 노력하고 있다. 육십 평생을 열심히 열과 성의를 다해 살아온 노력 덕분에 4개의 꿈과 희망을 이루었고, 마지막으로 지금은 내 여생을 어떻게 아름답고 평화롭게 마무리할 것인지 매일 생각하며 다섯 번째 꿈과 희망인 참다운 삶을 찾아가고 있다.

    첫 번째 꿈은 가난 속에 학업에 열중하지 못해 중학교 시절에는 낙제까지 하였으나, 고등학교 시절부터 열심히 공부하여 우등생으로 졸업했다는 것이다. 그리고 기능전문대학 입학시험(지금의 한국폴리텍대학)에 합격하였으나, 가정 형편상 대학 입학을 포기해야만 했다. 이런 어려운 시절에도 주변 형편이 나아지면 언젠가 대학에 가겠다는 꿈과 희망을 포기하지 않았다. 결국, 직장을 다니며 가정을 이끌어 가면서, 또한 사경을 헤매면서도 공부에 대한 꿈과 희망을 포기하지 않은 덕택에 이공계 전기공학과와 인문계 영어영문학과

학위 두 개를 장학금을 받으며 우수한 성적으로 졸업했다.

또 다른 꿈은 초년기의 가난 속에 말라리아에 걸렸을 때 아버지께서 연희동에서 신촌까지 업고 다니며 치료해줘서 삶의 희망을 되살렸다. 성년기에는 사망률 50%인 대장암 3기와 정신착란증인 섬망 증세로 사경을 헤매면서도 가족을 지켜야겠다는 불굴의 의지로 두세 번의 죽음의 고비를 슬기롭게 넘겼다. 경천주의자인 공자께서 "죽고 사는 것은 명에 있다(死生有命)"라는 말씀이 맞는다는 느낌이 든다. 나는 성년기에 겪은 대장암을 극복하면서 현재 숨 쉬고 있음에 감사하며, 앞으로 보다 건강하고 행복하게 살아 보겠다는 꿈과 희망을 잃지 않고 살아가고 있다.

세 번째 꿈은 기능직(9등급)으로 공직생활을 시작하여, 승진에 대한 내 꿈과 희망을 갖고 꾸준히 공부하고 노력하면서 국민과 국가를 위해 헌신한 결과, 7급 공채시험과 5급 승진시험에 합격하고, 서기관으로 승진하여 부이사관(3급)으로 명예퇴직할 때에는 대한민국 홍조근정훈장도 수여 받았다.

네 번째 꿈은 가난한 집안에서 태어나 영양이 부족한 어린 시절을 보내고, 중학생 때에는 하루 두 끼 강냉이 죽으로 연명하는 찢어지게 가난한 시절을 다시 밟지 않기 위하여 술과 담배를 끊고 자전거로 출·퇴근하며 근검절약하였다. 그리고 저축과 부동산 투자 등을 통해서 하류층에서 탈피하여 20% 내의 중류층까지 발돋움했다. 즉, 노후에는 남부럽지 않은 생활을 하겠다는 꿈과 희망을 갖고 포기하지 않으며 검소하고 성실한 생활을 실천으로 옮겨온 결과, 외동딸을 변리사 사위와 결혼시켜 외손녀를 낳고 잘 살수 있는 기반을 마련해 주었다. 또한, 영원한 반려자인 아내와 함께 모친과 처부모님을 모시고 국내 맛집 드라이브 여행을 자주하고 가끔 친구·지인들과 부부 골프도 즐긴다. 그리고 1년에 1회 이상 해외여행도 다닐 수 있는 여유가 생겨 지금은 나름대로 평화롭고 풍요로운 삶을 지내고 있다.

노후에 어렵게 생활하는 사람들 대부분은 쓸데없는 일로 소중한 시간을 많이 보낸다. 그래서 이런 사람들은 나이가 먹고 나서 뒤늦게 철이 들어 후회하게 되지만 이미 왕성한 젊은 시절이 지나가서 시간을 되돌릴 수 없음에 뒤늦게 한탄할 뿐이다. 이때는 나이가 들어 힘이 빠지고 기력도 없어 노후에는 초라하고 비참한 삶을 보내게 된다. 그렇다고 해서 포기하면 더욱더 비참해지므로 늦었지만, 지금이라도 자기 수준에서 할 수 있는 일에 최선을 다하며 노력을 아끼지 않는다면 운명이 다 하는 그 날에는 편안하게 자연의 품속으로 돌아갈 수 있을 것이다.

세월은 오는 것이 아니라 가는 것이라 했다. 그리고 우리의 한정된 인생은 죽음을 향해 끊임없이 앞으로 나아가고 있는 것이다.

따라서 지금 이 순간을 행복하고 즐겁게 지내도록 노력해야 할 것이다. 한 번 지나가면 다시는 잡을 수 없는 한정된 삶을 사는 우리이기에 더욱 귀중한 짧은 시간이다.

반면에, 성공한 사람들의 삶의 내면을 들여다보면 대부분 땀방울과 노력으로 실패와 좌절을 극복하여 인내와 끈기로 오뚝이처럼 일어서는 경우가 많다. 꿈과 희망을 가진 사람은 자신의 분수를 알고 주변 정리와 시간을 잘 분배하고 사소한 것과 중요한 것에 따라 우선순위를 정하여 자기 계발과 인적 관계 유지에 온 힘을 기울인다.

나는 내 꿈과 희망을 이루기 위해, 그리고 아름다운 황혼을 위해 꿈 너머 꿈을 꾸며 전진해 오는 과정에 항상 내 위치를 정확히 파악하는 데 많은 시간을 보냈다. 그리고 내 분수에 맞게 최소한 10년간의 구체적이고 세부적인 계획을 세워 끊임없이 추진했다. 즉, 시간별, 일별, 주간별, 월별, 연도별 목표를 수립하고 1년 또는 3년, 5년 내에 이룰 수 없는 것은 과감히 잊어버리고 반드시 목표 수립 기간 내에 실현 가능한 꿈과 희망만을 목표로 삼았다. 이것이 완성되면 내 위치를 재정리하여 꿈 너머에 있는 꿈을 다시 수립하여 시작했다. 그래서 4가지 꿈을 이뤘으며, 지금은 다섯 번째 꿈인 참다운 삶의 마무리를 위한 희망을 갖고 노력하고 있다.

헬렌 니어링이 지은 『아름다운 삶, 사랑, 그리고 마무리』라는 책 속의 주인공인 스콧 니어링 교수는 물질문명 속에 환경오염과 대량소비로 물들어 있는 도시를 떠나 자연 속에서 조화를 이루며 100세까지 장수하였다. 또한, 스콧 니어링 교수가 삶을 마감하는 과정에서 보여준 아름다운 마무리는 신체적 노화로 자급자족이 불가능하다고 판단하여 스스로 곡기(음식)를 절제하며 서서히 음식을 끊어감으로써 평화롭게 마무리하는 죽음이다.

이러한 죽음을 통해 사랑과 삶, 죽음이 하나가 되어 우리에게 현세의 만물 속에 존재하는 사랑과 진실로 참되고 아름다운 삶이 무엇인지, 자연 속으로 조화롭게 돌아가는 죽음이 어떤 것인지를 보여준다. 나와 우리 독자들도 내가 누구인지? 무엇을 어떻게 해서 즐겁고 행복한 아름다운 황혼을 맞이할 것인지? 그리고 삶을 어떻게 마무리할 것인지? 등을 다시 한 번 성찰하는 계기가 되었으면 한다.

참다운 삶을 생각하며

　　나는 내 몸이 조금씩 나아지면서 노후에 잊기 쉬운 자아 발견에 더욱 집중해서 점검해야겠다는 생각이 다시 고개를 들었다. 과거는 과감히 잊고 미래에 대해서도 너무 고심하지 말고 현재에 충실하면서 소박하고 단순하게 살기로 한 것이다.

　우리가 황혼기에 접어들어 늙었다는 것 때문에 젊음을 부러워할 필요도 없다고 생각했다. 왜냐하면, 우리의 과거 속에는 우리가 했던 사랑·시련·고통·고뇌 등 많은 경험이 축적되어 있고, 지금도 우리에게 존재하고 있기 때문이다. 옛 속담에 '호랑이는 죽어서 가죽을 남기고 사람은 죽어서 이름을 남긴다.' 는 말이 있다. 비록, 우리의 삶이 이 사회에 큰 이름을 남기거나 타인이 인정해 주고 부럽게 생각하는 부자가 되지 못하였을지라도 나름대로 우리의 평범하고 소박한 삶을 올바르게 이끌어 왔다고 생각한다면 자신을 자랑스럽게 생각하며 자부심을 갖고 칭찬해 주어야 한다.

　내가 이 세상에 태어나서 큰 이름을 남기고 가지 못할 바에는 관습적으로 외부 요인이나 타인의 생각에 휩쓸려 행동하지 않기로 했다. 그리고 내가 생각하는 대로 자유롭고 평화로운 내 길을 가는 것이 좋겠다고 생각했다. 즉, 현재 내 정체성과 존재 가치를 찾아 주변 사람들에게 피해를 주지 않고 사랑과 자비, 덕을 베푸는 말과 행동을 실천하기로 했다. 내가 이런 말과 행동을 함으로써 주변 사람들에게 좋은 영향이 미치도록 내 역할을 다하는 것이 진실로 보람되고 알찬 삶을 사는 것이라 생각했다.

나는 그동안 쌓아 온 경험과 지식을 최대한 활용하여 이를 실천하기 위해 노력하고 있다. 즉, 매일 내 삶의 목표인 '참다운 인간'을 찾아가는 길에 한 발짝 다가설 수 있도록 깊게 생각하고 실천하면서 내 말과 행동을 수시로 개선해 나가고 있다. 내가 말한 것과 행동이 일치되어야 타인으로부터 신뢰와 믿음을 얻을 수 있기 때문이다.

말을 많이 하고 실천하지 않으면 말에 대한 신뢰가 떨어진다. 반면에 행동만 하고 말을 하지 않으면 오해가 생기거나 무슨 뜻으로 행동하는지 타인이 이해하지 못할 것이다. 따라서 내가 말한 것은 가능한 한 많이 실천으로 옮겨 나에 대한 신뢰를 굳혀 나가고 있다. 이런 삶이 타인에게 피해를 주지 않고 주변 사람들에게 도움을 주는 길이라고 생각한다.

오스트리아에서 실시한 삶에 대한 여론조사 결과를 보면 가장 좋은 평가를 받은 사람은 유명한 예술가, 유명한 과학자, 유명한 정치가, 유명한 운동가들이 아니라, 평범한 사람들 중에서 당당하게 곤경을 이겨낸 사람들이었다고 한다. 따라서 우리의 삶이 아무리 힘들고 고통스럽더라도 삶은 거룩한 것이다. 그러므로 우리는 우리의 삶과 같이 다른 사람의 삶도 진정으로 축복해 주고 스스로 어려운 난관을 자유롭게 극복해 나갈 수 있도록 마음으로 지지해 주면서 가만히 지켜봐 주고 살며시 어깨동무해 주면 되는 것이다.

나는 평범하고 온화한 인간으로 살고 싶다. 그리고 내가 먼저 덕을 베풀고 산다면 주위에는 성실한 이웃이 많이 존재하게 될 것이라 믿는다. 그래서 앞으로는 더 많은 사람들을 사귀는 것보다 현재 유지하고 있는 지인, 친구들과 더욱 좋은 시간을 많이 마련할 수 있도록 나부터 노력하고 실천하여 지속적으로 유대관계를 돈독히 해 나가는 것이 좋을 것 같다고 생각한다.

『명심보감(明心寶鑑)』안분음(安分吟)에 '편안한 마음으로 분수를 지키면 몸에 욕됨이 없을 것이요, 세상의 돌아가는 형편을 잘 알면 마음이 스스로 한가하나니, 비록 인간 세상에 살더라도 도리어 인간 세상에서 벗어나는 것이니라(安分身無辱 知機心自閑 雖居人世上 却是出人間).'고 하였다. 편안한 마음으로 오늘을 즐기자. 지금 이 순간이 내게 아주 중요한 시간이다.

나는 지금을 즐기면서 긍정적이고 낙천적인 사고를 가지고 살아 갈 것이다. 과거를 회상하며 좋았던 시절과 나빴던 시절만 되돌아 보는 어리석음을 버리고 현실을 즐기면서 미래 지향적인 생각에 집중하도록 할 것이다. 즉, 지금 무엇을 하면서 어떻게 즐길 것이 며, 앞으로 참다운 삶을 위해 어떻게 살 것인가에 온 정신을 집중 할 것이다.

나보다 나은 사람들은 자신의 위치에서 또는 할 수 있는 범위 내 에서 사랑과 자비, 덕을 베풀고 있다고 생각한다. 이들은 측근에 있는 주변 사람들로부터 먼 이웃까지 보살핌의 범위를 넓혀 나갈 것이다. 이것은 배고픔과 죽음에 시달리는 척박한 땅에서나, 풍족 한 자원과 환경 속에서나 마찬가지일 것이다.

따라서 어디에 있던 나 자신의 위치와 위상을 똑바로 찾아 나름 대로 현명한 방법으로 참다운 삶을 가지려고 노력하는 것이 가장 중요할 것 같다. 즉, 내가 처한 위치를 명확하게 성찰하는 것이 무 엇보다 중요하다. 내 생각으로는 각국의 지도자, 정치인들도 자신 의 힘과 능력이 미치는 범위가 한정되어 있다는 것을 인식하고 있 을 것이다. 또한, 예수나 교황, 부처와 성인들도 기아와 죽음에 허 덕이는 모든 이를 감싸 안아주고 따뜻한 손길을 주기에는 한계가 있으므로, 그들을 따르는 자 또는 제자들이 조금씩 나누어 사랑 과 자비를 베풀도록 유도하고 지도하는 것이 그들의 본분(本分)이라고 나는 생각한다.

『논어(論語)』 이인(里仁) 편에 '덕을 베풀면 외롭지 않고 반드시 이웃이 있다(德不孤 必有隣).'라는 말씀이 있다. 나 역시 내게 주어진 환경 속에서 내 존재와 위치를 찾아 나를 다스리고 가족을 돌보면서 주변 사람과 만인에게 사랑과 자비, 덕을 베풀 수 있는 마음 자세를 갖추도록 노력할 것이다. 내 육체와 마음·정신·감정을 잘 관리해야만 타인에게 선행을 확대하여 베풀 수 있는 기회가 존재한다는 것을 잊어서는 안 된다. 즉, 내 위치에 따라 힘이 닿는 곳이 있고 닿지 않은 곳이 있다. 내가 아무리 좋은 생각을 하고 있고 선행을 할지라도 관습, 민족, 종교 문제 등 노력만으로 해결되지 않는 곳도 많이 있기 때문이다.

참다운 삶을 배운다는 것은 교과서나 책 속에 있는 학문과 지식으로만 해결할 수 있는 것이 아니라, 우리 주변 환경에서 놓인 모든 것으로부터 배워야 하는 것이다. 공자(孔子)께서 말씀하시길 "두 사람이 나와 함께 길을 가는데 그 두 사람이 나의 스승이다. 착한 사람에게서는 그 착함을 배우고, 악한 사람에게는 악함을 보고 자기의 잘못된 성품을 찾아 뉘우칠 기회로 삼으니 착하고 악한 사람이 모두 내 스승이다"라고 했다.

따라서 나는 참다운 삶이 무엇인지 매일 생각하고, 배우는 자세로 '일일신 우일신(日日新 又日新)' 하면서 날마다 새롭게 진보해 나갈 것이다. 그리고 어제보다 오늘이 더 발전되고 개선된 모습으로 변해 있는 아름다운 모습을 상상하며 언젠가는 참다운 삶을 찾는 다섯 번째의 꿈과 희망을 이루겠다는 신념을 가지고 현실을 성실히 대하며 올바르게 살도록 노력할 것이다.

이 글을 미치면서 여기 같은 시대에 이순의 나이를 넘어 아름다운 삶을 즐기며 살아가고 있는 친구가 내 삶의 기록을 보고 느낀 점을 한 편의 시로 표현한 내용을 적어 볼까 한다.

정오의 빛갈이

한 세대를 함께 살아온 친구의 삶을
자서전을 통해 들여다보며
자신의 삶을 기록한다는 것이
나 자신을 재조명해 볼 뿐 아니라,
인생 여정을 함께 해 온 주변의 모든 분들, 나무, 꽃, 풀 한
포기까지도 추억하며 이해하고, 사랑하고, 화합하는 멋진
작업이구나 하는 생각을 했고,
또한, 이런 방대한 분량의 작업을 해낸 윤수 친구가 새삼
존경스럽습니다.

무엇보다
우리에게 주어진 단 한 번의 생애를
일순간도 헛되이 보내지 않기 위해

많은 독서와 깊은 사색, 끊임없는 노력을 기울이며
삶의 목표를 향해 묵묵히 나아가는 모습을
후대의 자손들에게
은금 보화와도 바꿀 수 없는 위대한 정신적 유산을 물려
주는 것이라는 생각을 해 볼 때,
마냥 부럽기까지 합니다.

이제
어떤 유혹도 이겨낼 수 있다는 불혹의 나이를 지나 나를
이 땅에 보내신 하늘의 뜻을 비로소
깨닫게 된다는 지천명의 나이도 무사히 넘기고
귀가 순해져 세상 무슨 소리라도 이해할 수 있다는 이순
의 60대를 보내고 있는 우리

숨 가쁘게 달려온 지난 세월을 발판으로
세상에 대한 깊은 통찰력과 지혜를 바탕으로
남은 생애 더욱 흔들림 없이 강건하게 살아냅시다.

세상에 대한 끊임없는 호기심과 도전으로
언제나 청년 같은 삶을 살아가는 친구 박윤수.

그와 그의 사랑하는 가정에
평강의 날들만 가득하기를 소망합니다.

벗 연경천

노년 시절에
참다운 삶을 찾기 위한 질문

❖ 나이를 먹어감에 따라 내가 누구인지, 무엇을 어떻게 해서 즐겁고 행복한 노후를 맞이할 것인지를 고민하고 해결책을 찾으려고 노력했는가?

❖ 어려울 때, 힘들 때, 고통스럽고 외로울 때는 잠시 멈춰 서서 쉬어 가면 모든 것이 잘 해결될 것이라는 긍정적이고 낙천적인 생각을 하고 있는가?

❖ 노후의 삶을 멀리서 관조하거나 관찰하는 소극적인 자세보다 적극적인 자세로 지금보다 더 나은 생활을 위해 열정적으로 노력하고 있는가?

❖ 노후에는 무리한 목표를 향해 앞으로 전진해 가는 것보다 가까운 주변에 현재 보유하고 있는 것에 만족하면서 즐거움과 행복을 찾고 있는가?

❖ 물과 같이 조화로운 생활을 하고 바람과 같이 말과 행동에 걸림돌이 없도록 실천해 나가고 있는가?

❖ 가까운 지인과 친구들이 내 입장을 이해해주기를 바라지 않고 내가 먼저 그들의 입장을 이해하고 포용하려고 노력하고 있는가?

❖ 자유시간을 많이 갖도록 노력하고 내 위치에 맞게 경제적, 시간적 여건을 고려해서 계획을 세우고 실천으로 옮기고 있는가? 또한, 자유시간을 효율적으로 활용할 수 있는 방법을 개발하고 있는가?

❖ 평생교육에 대하여 생각해 보고, 이를 실질적으로 행동으로 옮기고 있는가?

❖ 퇴직 후, 내게 주어진 남은 여생 약 30년을 삶의 방향을 자유롭게 선택·결정할 주변 여건을 만들고, 자연과 함께 살아가겠다는 생각을 해 본 적이 있는가?

❖ 가능한 한 편안하고 행복한 삶을 영위해 나가기 위해 자연의 섭리와 하늘의 뜻을 마음속 깊이 신중하게 고심하여 중용의 길을 지키도록 노력하고 있는가?

❖ 삶에서 참으로 소중한 것은 완벽함이 아니라 인간적인 것을 추구하며 각자의 고유한 특성에 맞게 결정할 수 있도록 믿고 기다려 주고 있는가? 그리고 스스로 어떤 일을 하도록 지지해 주면서 가만히 지켜봐 주고 살며시 어깨동무해 주고 있는가?

❖ 삶을 아름답게 마무리하고 이 세상을 떠나겠다는 자세를 평상시 갖고 생활하면서 자연 속으로 평화롭게 돌아가는 꿈을 가져 본 적이 있는가?

❖ 노후에는 빠르거나 바쁜 것보다 느리고 느긋하게, 복잡하거나 번잡한 것보다 단순하고 간소화하게 만들려고 노력하는가?

❖ 노후를 아름답게 살아가기 위해서 가능한 한 가볍게 많이 움직이며 건강을 유지하고, 마음에 풍요로움을 주는 좋은 책을 많이 읽고 있는가?

❖ 과거에 누렸던 좋은 것들에 너무 집착하지 않고 현재 살아 숨 쉬고 있음에 감사하며 살고 있는가?

❖ 내 위치에 맞게 주변 사람들에게 덕(德)과 자비(慈悲)를 먼저 베풀며 살아가려고 노력하는가?

❖ 가난한 삶으로 마감할지라도 주어진 여건에 최선을 다해 살아 온 것에 만족하며, 현재 가지고 있는 물질적·정신적·정서적인 위치에 만족하는가?

❖ 성숙한 어른으로서 자녀 또는 아랫사람들에게 말보다 행동으로 모범을 보여주고 있는가? 또한, 타인으로부터 신뢰와 믿음을 얻을 수 있게 내가 말힌 것과 행동이 일치하도록 노력하고 있는가?

❖ 주변 사람들에게 행동만 하고 말을 하지 않아 오해가 생기거나 이해하지 못하도록 한 적이 있는가?

❖ 내 육체와 마음·정신·감정을 잘 관리해야만 타인에게 선행을 확대하여 베풀 수 있는 기회가 주어진다는 것을 믿는가?

| 에필로그 | 영원히 끝나지 않을 우정

　2016년 봄, 나는 한국방송통신대학 영어영문학과 졸업 논문을 작성하면서 문득 삶의 여정을 정리해 보는 것도 좋겠다는 생각이 들었다. 힘들고 어려운 유년·청소년 시절의 가난을 딛고 60평생 넘게 살아오면서 4개의 꿈과 희망을 이룬 것을 독자들과 함께 나눠 보는 것도 보람된 일이라 생각했다.

　이 책을 쓰기 시작하면서 느낀 것은 1950년대 나의 세대와 1980년대 이후의 자식 세대 간에는 사고의 차이가 많이 난다는 것이다. 즉, 나의 세대는 보릿고개의 어려운 환경을 거치면서 '노력하면 무엇이든 할 수 있다.' 라는 사고를 하고, 눈물의 빵을 먹고, 고무신을 신고, 책보를 둘러메고, 꼬불꼬불한 논두렁길과 산등성을 넘어 3km 이상 걸어 학교에 다녔다. 그리고 졸업한 뒤에는 3D 업종을 가리지 않고 열심히 일하며 살아왔다. 이와는 달리, 잘 먹고 잘 입으며 좋은 주거·교육 환경 속에 살아온 자식 세대의 청년들은 3D 업종을 거들떠보지도 않고 취직하기 어려워 살아가기 힘들다는 얘기를 들을 때마다 만감이 교차하는 것이 나 혼자만의 느낌이었는지 모르겠다.

시대별 인생관, 결혼관, 직업관, 가치관들이 급속히 변하는 가운데 평범한 내 삶의 얘기를 독자에게 무슨 내용을 어떻게 전달할 것인가 곰곰이 생각해 보았다. 그리고 몇 명이나 나의 얘기에 공감할까 하는 생각에 포기했다가 다시 펜을 드는 과정을 몇 번 반복하였다. 즉, 이 책을 완성하기까지 내게는 엄청난 도전이었고 많은 용기가 필요했다. 이런 도전과 용기를 끝까지 북돋운 것은 시대가 아무리 변한다 할지라도 우리가 처한 여건에 맞춰 꿈과 희망을 갖고 경쟁을 통해 자신의 목표를 성취해야 한다는 진리는 변하지 않는다는 것이었다.

결국, 우리는 현실보다 더 나은 바람직하고 참다운 삶을 찾아가는 정신 자세를 가져야 한다는 생각에 공감대를 형성하며 끝까지 성심성의껏 글을 교정해 주고 방향을 잡아준 친구들; 최창호, 김택수, 연경천, 이상근, 그리고 친동생 박윤형, 처남 유인수 님들에게 심심한 감사의 뜻을 보낸다.

그리고 아름다운 책으로 완성되도록 많은 수고와 도움을 주신 (주)북랩 출판사 편집 관계자 모든 분들에게도 깊은 감사를 드리며, 우리의 우정은 영원히 끝나지 않을 것을 굳게 믿는다.